ソーントン不破直子

鎌倉山奇譚　水琴窟の館

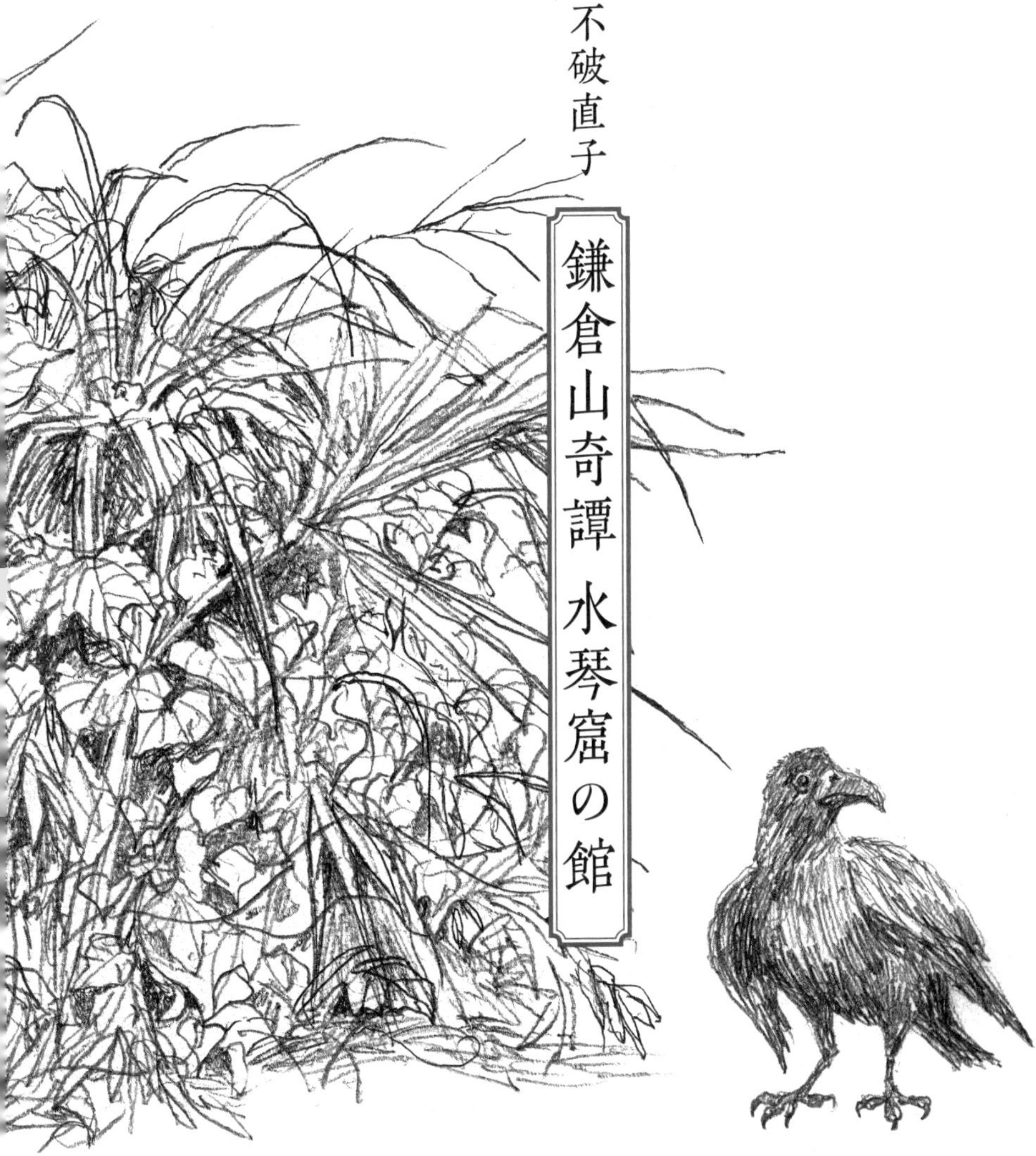

春風社

一

やっ、こんちは。わたし、一文字九郎《いちもんじくろう》と申しまして、鎌倉山の東の端で、いわば森住いをしております。ちゃんとした門はあるものの、前後に高いフェンスが続いており、道路からだと内側は生い茂る樹木に蔓《つる》が絡まって森しか見えないんでね。

原生林を含めて約十三万坪のこの地所ですが、昔は東京の大金持ちのもので、山頂部に別荘や茶室を建てて接待なんかに使っていたそうです。戦前に製薬業で莫大な財産を築いた夫婦で、東京にも大きな庭園のあるお屋敷があって、この山荘には華族さんや政界の大物や芸術家を招いて大園遊会をしていたそうです。戦後はなんでかその財産をほとんど失って、この山荘だけが残り、ここでずっと、それでもけっこう贅沢な暮らしをしていたそうですが、亡くなりました。山荘は所有者が変わって、源氏園《げんじえん》という名の料亭になったんですが、その料亭が十年以上前に閉鎖されて、建物や庭園は放っぽらかしのまま。

刑事を定年退職したっていう独り者の管理人が時々見回りに来て、見かければわたしも大声をかけて挨拶していました。この土地と家屋を相続したっていう方が、その元刑事と見回りに来たことがありました。源氏園をやっていた方の息子さんで、東京でお医者をしていて、料亭の跡を継いで経営する気なんか全くないようでした。だいたいが、この料亭がなんで閉鎖したかっていうと、経営が成り立たなくなったからなのです。飛騨の豪農の家を移築して現代風にしたという母屋と贅沢な数寄屋造りの別棟があって、いくら豪華な料理を出すといっても、その分だけ来るお客が限られていて、高度成長の時代みたいにはいかなくなったのでしょうね。息子は、閉鎖したまま放っておいて税金を一番少なくする方法を考えているようなことを話していました。わたしなんか、この地所の一角に昔からの縁で代々住んでいて、今はいわば既得権者の居候で、固定資産税なんてお門違《かどちが》いですから、何もできるわけでなし、ただそっと話を聞いていました。

ある時、その元刑事にずいぶん会っていないな、と気がつきました。彼は母屋と茶室と庭園の周囲を延々と巡る、自然石を敷き詰めた凸凹の小道を歩いて見回っているのですが、とにかく広いうえに、彼の姿は、竹林だの椿林だの梅林だのに入ってしまうとほとんど見えないことが多いので、あまり気にしていなかったのです。わたしも、地元にいなければならない春・夏の忙しい時期を除いては、よく他所《よそ》の土地へでかけて、長いこと留守にすることもあったのですが、考えてみるとここ一年以上会っていないのです。痩せこけて痛風持ちのうえに脊椎のヘルニアだとかで体を傾けて歩いていましたから、もう続かなくなったのかなあ、と思いました。といっても、当初から別に建物の修理をするでもなく、庭木の剪定や伐採をするでもなく、ただ庭園を歩き回って、それから家の中をスリッパでパタパタ歩き回って、見るだけ見て帰っていきましたから、別に来なくなっても何の変わりもありません。ただ、彼が長い間来ていないことを確信したのは、庭の隅にある、飛騨から母屋を移築した時に一緒に移したという井戸を見た時でした。

飛騨の家では屋内の、土間にあったという井桁を使って、庭園の隅の崖下に本物の井戸を掘り、釣瓶《つるべ》井戸を作ってあるのです。こんな高所によく井戸ができたと思いますが、崖のすぐ下なので、水が出るんでしょうね。茅葺きの屋根の下に滑車があって、綱には釣瓶桶《おけ》が二ついています。まあ、遊びですが、確かに庭にちょっとした風情を添えていました。その綱に実葛《さねかずら》の蔓が巻き付いて実をつけていたのです。実葛の実って、遠くから見ると大きな赤い実に見えますが、本当はピンポン玉よりちょっと小さい玉の表面全体に赤いぼつぼつがついていて、その粒の一つ一つが実なんですよ。突っつくとべたべたの汁が出てきて、吹き出物を潰したような不快な感触です。元刑事はどういうわけか、庭を見回る時に、普段は閉めてある井戸の蓋を必ずずらして開けて、何か落ちていないか点検でもするように身をぐうーっと乗り出して覗き込んで、それから綱をぐいぐい引いて桶に水が入ることを確かめ、水を飲んだり、顔を洗ったりして、それが済めばまた蓋を閉めて帰るのです。ところが、蓋の上に二つ並んだ釣瓶桶の綱に、実葛の蔓がしっかり巻き付き、大きな真っ赤な実が、まるで綱から生えているように垂れ下がっているのですから、ずいぶん長い間釣瓶が動かされていないことになります。それを見た時に、二、三度、元刑事ではない男が敷地内を歩いているのを見かけたことに思い当たり、管理人はあの男に代替わりしたのだろうと考えつきました。

母屋から少し離れた、敷地内では一番高く、見晴らしのいい所に、早雲亭という名の茶室があります。四つの茶室を渡り廊下でつなげた大掛かりなもので、外にも廊下の途中にも待合がありました。外から入る露地には大きさが違う石が点々と敷いてあって、子供の頃よくその石をぴょんぴょん飛び跳ねて遊んだものでしたが、今も生い茂った雑草の中にしっかりと埋まっているのが見えますよ。わたしが自慢にしているのは（もちろん自分のものではないんですが）、蹲踞《つくばい》の脇にある水琴窟《すいきんくつ》です。え？　水琴窟、ご存知ないですか。手水鉢《ちょうずばち》の近くに穴を掘って底を漆喰《しっくい》とかコンクリートで固めて、その上に口の大きな甕《かめ》を逆さまにして埋め込むんです。甕の底、つまり甕は逆さまになっているので地上側ですが、そこに穴を開けて短い筒を挿しておいて、周りは小石かなんかで覆って、甕も筒も見えなくしてしまいます。手水鉢の水が一杯になって外に流れ出ると、その水が筒を通って甕の穴から下に水滴となって落ちて、底に溜まっていた水の表面を打ちます。その水滴の音が、甕の空洞に反響して、増幅してまた反響して、穴の筒から地上に聞こえるんです。水の動きを利用してこんなものを思いつく人間の独創力というか、趣向には感服しますよ。

この水琴窟は京都の名ある庭師が亡くなる直前に造った、いわば一世一代の傑作だそうで、確かになんとも言えない深みのある、いい音がします。わたしのご先祖の一人が（曽祖母に当たるようですが）、この水琴窟が制作される時に、庭師がどんな風にこの微妙な反響を作り上げる工夫をしたか、一部始終をずっと上から見せてもらいました。庭師は、この制作に根を詰めすぎたせいか、あるいはもうこれ以上のものを造ることはないと悟ったのか、京都に帰ってすぐに亡くなったそうです。だから、この水琴窟の造りの秘伝というか詳細を知っていたのは、施主であるこのお屋敷の元のご夫婦の他は、わたしのご先祖だけのはずです。お屋敷の方々も亡くなった今は、それを伝え聞いて記憶しているのはわたしの家の者だけなんじゃないかと……。そうなんですよ、この美しい音の秘密も、いや、ここに水琴窟があるということさえも、わたしが記憶して伝えていかなければ、何だか分からない音になってしまうのではないかと思います。

落ちる水滴の量によって、ガラン、ガランと賑やかに教会の鐘が鳴るようだったり、コロン、コロンと穏やかな音がしたり、ポーン、ポーンと淋しい音になったりしました。四つの茶室のどこからでも聞こえるようにと、普通の水琴窟よりも大きな響きになるように工夫してあるそうですが、それでも、たいして大きい音が出るわけではなく、知っている人が茶室で耳を澄ませると聞こえる程度で、昼間に茶室から離れた料亭で食事中のお客なんかは全く気づかなかったようです。廃園になって手入れもしなくなってからは、ほとんど鳴らなくなっていました。甕に水が溜まりすぎると水滴の音が反響しなくなるので、底の方に排水管があって水量が多くなるとそこから出ていくようになっているのですが、手入れをしないとその排水管が詰まって、甕の中も泥で埋まってしまうらしいです。でも、台風なんかで大雨が降ると、手水鉢の水どころか、雨の激流が流れ込んで詰まった排水管を掃除してくれて、雨があがると、また急にきれいな音色を出すことがあります。そういう水の力もちゃんと計算されているんです。母屋や茶室の建物も庭園も荒れるばかりですが、水琴窟だけは今も忘れた頃に生き返ってくれるんですよ。

見かけるたびに大声で挨拶してきた元刑事は消えてしまいましたが、わたしは相変わらず、この森の中に住んでおります。わたし自身はよく遠出しますが、在宅の時は、家族はもちろん、近くに親戚や友だちも多いし、近所の猫やタヌキもうろついているし、森住いが淋しいなんてことはありません。よく来る猫は、近所の家の飼猫で大きな白い雌です。家でちゃんとご飯をもらっているはずなのに、気が向くとこの辺を徘徊して鳥を仕留めて食べているのです。庭は、元は広い芝生だった所が今も日当たりがよくて、ムクドリの群れやコジュケイの親子なんかがのんびりと草の実や虫なんかを食べているんですが、ふと気がつくと瀬戸物の腰掛けの蔭にその白猫が低く身構えていることがあります。アッという間にムクに跳びついて、バタバタしている鳥を豪快に食べています。食べ終わって、わたしが見下ろしていたのに気づくと、必ず目を合わせて、

「ニャイッ」

と上品に鳴きます。「ご馳走様でした」というつもりなんでしょうね。何も残さず、足までコリコリときれいに食べる、行儀のいい猫です。

タヌキも家族でゾロゾロ行くのを見かけますが、よく知っているのは、白猫の家の近くにある廃屋に住む独身タヌキです。廃屋といっても、実は大きなお屋敷の門なのです。瓦屋根で、通路の両側に左右対称に使用人の部屋がついている長屋門と呼ばれる門で、昔はそこに夫婦者が住んでいました。門の通路の両側に部屋があるので住居としては妙なものでしたが、部屋の部分ももちろん瓦屋根、壁は白い漆喰で窓の外側にも漆喰で固めた柵がついていて、堅固な造

りでした。水道も電気も通っていて、片側の部屋に台所も風呂も便所もついているようでした。外にプロパンガスのボンベが見えました。もう片方の部屋が座敷というか居間でした。

鎌倉市が、長年の懸案であった、鎌倉山を越えて海べりの国道へ抜ける市道を通すために、その地主の土地を突っ切って買ったのです。地主はそれを機会に、市道の両側は分譲地を作って売り払ってしまいましたが、宅地にできない傾斜地も多く、さらに地主の屋敷は完全に取り壊したのに、長屋門の周辺一帯だけは住んでいた使用人夫婦のために残しておいたようです。その門は新しくできた市道にはもはや全く面していないで、森の中にその門だけがぽつんと立っているのです。滑稽といえば確かに滑稽、でも事情を知らないと、ちょっとぞっとするような光景でもあります。

門の脇には大きな公孫樹《いちょう》があって、銀杏《ぎんなん》を沢山落とすので、麓の方の人もよく拾いに来ていました。以前、にぎやかな声がしたので覗いてみたら、銀杏拾いに来たらしいおばさんと門の家の夫婦者が、火が広がらないように穴を掘った焚火を囲んで、できたての焼き芋を食べていました。近づいて行ったら、わたしにもひとかけらくれましたよ。その頃は庭で落葉焚きをしてよかったのですが、今じゃあ鎌倉市はどんな焚火でも全面禁止です。山火事になるといけないからだそうです。

ずいぶん長いこと、その門の部屋というか家に、その夫婦は住んでいたことになるらしいのですが、年寄りになったせいか、いつの間にかいなくなりました。人が住まなくなった家はすぐに荒れるもので、この長屋門もいつの間にか森の一部のようになっていました。そこの縁の下に兄弟のタヌキが住み始めたのです。いつも二匹で連れ立って餌さがしをして、見つけたものを仲良く食べていました。しばらくすると、一匹は所帯を持ったのかいなくなり、今は一匹で住んでいます。そのタヌキが、ほとんど毎晩、源氏園の敷地を徘徊しています。ときどき、早朝に顔を合わせると、こいつもわたしを見上げて、丁寧に大きくまばたきします。「お世話になっています」というつもりなんでしょう。

その独身タヌキは源氏園の庭の出入りに、いつも決まった通り道を使います。兄弟で暮らしていた時もそうだったのですが、住んでいる門の家を出て、森の草むらを行き、いつも決まった地点で市道を横切るのです。横切った反対側には山の傾斜を支えている古い石垣があるのですが、実はその下の方に小さなトンネルの入り口ができているのです。大人はもちろん子供でもかがまなければ入れない高さで、おまけに入り口のすぐ先で直角に曲がっているので、その先が続いているトンネルのようには見えませんし、だいたいが山の湿気で苔むした古い石垣の中に溶け込んでいて、通行人はそんな穴があることも気づかずに過ぎて行きます。気づいても、昔の薪の一時置き場か何かと思われるだけでしょう。現に、そういう穴は鎌倉の山道にはよくあります。しかしトンネルはその先続いていて、出口は源氏園の中にあるのです。独身タヌキはさっと市道を渡り、そのトンネルに入って行きます。家族連れのタヌキも、通行人のない時にゾロソロと速足で入って行き、市道で見られる危険を最小限にしています。

なぜこんなトンネルがあるのかというと、これは戦時中にできたもので、一種の防空壕だったのです。源氏園になる前の所有者、つまり例の桁違いの大金持ちは、戦前から軍や政界の上層部や華族さんと親交があり、戦争中にはそういうＶＩＰの家族が身を寄せたりしたこともあり、堅固な防空壕を造ったのだそうです。トンネルは途中で天上が高くなり、食料や寝具を備えた部屋のようになっていたそうです。さらにトンネルの出口付近には、壁面の岩からしみ出る湧水を貯める小さな穴と排水溝が石を組んでできていて、飲み水の備えとしてあったそうです。終戦後七十年以上経っているという今はもちろんそんな備蓄はないでしょうが、通路としては生きているのです。鳥は上空に出られない空間には入って行かないし、わたしも覗いたことはありますが、入って行ったことはありません。もっぱらタヌキの通り道となっているのです。湧水はまだあるでしょうから、彼らの水飲み場にもなっているのでしょう。

そんなわけで、昔は大金持ちの住まいで、のちに高級料亭になり、今では廃屋と廃園といってもいい状態になっている源氏園、いや元源氏園ですが、それは人間にとってのことで、タヌキや猫にとってはうまい食べ物や新鮮な飲み水のある格好の餌場になっているわけです。

獣は別として、ほら、今あそこの橋の上にいる、六郎という若者が、暇さえあればわたしの後について源氏園を回って、自分じゃあ、「修業している」なんて大げさなことを言っています。ああ、あの橋ね、変でしょう。川もないのになんであんな大きな橋が山のてっぺんにあるかっていうと、ほら、向かい合った崖をつないでいるんですよ。もともとは、一つの小山だったのを、いちいち山を越えるのが大変だというわけで、鎌倉おなじみの切通《きりどおし》を造ったんですよ。そしてさらに、山の上を通りたい時のために、その切通を渡る橋をてっぺんに架けたんです。料亭になる前の最初の持ち主がやったことです。この夫婦は何でもやることが桁違いでしたよ。まあ、自分の地所に小山がいくつもあって、上り下りが面倒だから下を通れるようにしよう、なんて考えること自体が桁違いですけどね。欄干には擬宝珠《ぎぼし》までついている、立派な天空の橋です。六郎は、あの橋の上から由比《ゆい》ガ浜や逗子の方を見るのは最高だと言っています。眼の下に極楽寺の切通が見えますし、遠くには三浦半島も、その向こうの房総半島も見えます。

とにかく鎌倉山には、地面から湧き上がる妙なる音色とか、どこにも入って行けない門とか、全く人目につかない長いトンネルとか、山のてっぺんの橋とか、変わったものがあるんですよ。

二

そっ、おいらが六郎。一文字さんの一番弟子さ。

まあ、一文字九郎といやあ、鎌倉の大物だよ。物知りで頭も容姿も抜群なんだけど、そういうことを全然鼻にかけないで、誰とでも気さくにつきあってくれる。みんな尊敬して、何かと頼りにしているんだ。

何で一文字っていうかっていうとね、羽をたたんで止まっていると分からないかもしれないけど、翼を広げて飛んでいくのを見れば分かる。黒い風切羽《かざきりばね》の縁が白くて、後ろから見ると翼の端から端まで白い線が横に一本くっきりあって、白一文字で飛ぶカラスっていうわけさ。いつ見ても恰好いいよ。九郎っていうのは、誰かが「源氏園だから、九郎判官《くろうほうがん》なんだろう」なんて言っていたけど、本当はクロウという英語なんだそうだ。ハーフとかクォーターとかいうんではなくて、先祖のどこかで入った外国の血で、白一文字の特別な子供が時々生まれる家系で、そういう子は一文字九郎と名付けられるらしい。もしかしたら、カレドニアカラスの血かもしれない、なんておいらは想像している。おいらのロクロウっていう名前も、親がクロウさんにあやかるようにってつけたんだ。おいらは源氏園のねぐらに居さしてもらって、一文字さんにいろんなことを教わっている。

鎌倉は山と森が多いから、カラスのねぐらはいろんな所にある。っていうか、鎌倉は上空から見れば分かるけど、観光客でごった返している町の通りなんかほんの一部で、大部分が山で、山と山との間の谷間みたいな所が商店街や住宅地や畑になっている。鶴岡八幡宮の参道の若宮大路とその脇の小町《こまち》通りの商店街と大町《おおまち》から下馬《げば》を突っ切って由比ガ浜の商店街（正式な名前は、笑っちゃうけど、「由比ガ浜銀座」）の周辺がまあ鎌倉中で一番広い平坦地だけど、そこだって海へ出る以外は山に囲まれていて、山の隙間に人間が住んでいるんだよ。市役所も八幡様も大仏様も背後は山で、山は森だからね。住んでいるのは、カラスやムクドリ、ヒヨドリ、キジバト、コジュケイ、アオゲラ、コゲラなんかの鳥たち、獣ではリスにハクビシン、タヌキ、フクロウ、フフフッ、それから猫ちゃんたち。つまり、鎌倉の住民は数の上では、人間よりもそういう連中の方が多いはずだよ。犬はかわいそうだけど人間と同じだから、山の隙間に住んで、人間と一緒に道路を散歩するだけ。猫はカラスやタヌキと同じように自由に森を歩き回っている、おれたちの仲間さ。

そういやあ、このごろ、猫は屋内で飼いましょう、っていう運動があるんだってね。どんなもんかなあ……。鎌倉の猫は山道でも車の通る道路でも闊歩しているよ。猫フラップや玄関から自由に出入りしている連中はご近所のどの家が親切にしてくれるか、車が来たらどう避けるか、これは失敬してもいいご馳走か、なんてちゃんと分かっているから、自由に図太く生きていく。飼い主が旅行に出るったって、ペットホテルなんかにやられないで、頼まれた近所の人がいつものご飯をやっているよ。猫もお礼に、花壇にウンチをして、いい花が咲くようにしてやっている。鎌倉山神社に住んでいる三毛の神社猫は、神社のさらに上の方の穴ぐらに独りで住んでいるから野良猫の部類だけど、誰かがちゃんと不妊手術もしてくれて、近所のおばさんが毎朝くれるご飯とか、散歩の人が持ってくるジャーキーとか、自分で捕まえる野ネズミやモグラを食べて、元気いっぱいに近隣の猫族を差配している。

外を自由に歩き回る鎌倉の猫は、地元猫としての自覚があるから、いざという時には地元を守る。鎌倉山で変な開発がされそうになった時に、土砂崩れが起こって開発が中止になったんだけど、あれは、鎌倉山の猫族とカラス族の有志が結託して土砂崩れを起こしたなんていう噂があってね、市役所の土木課も、そんな馬鹿話には取り合わないって風で、あえて否定しないんだ。

猫といえば、一文字さんが言ってたけど、今はモノレールが敷かれて「西鎌倉」っていう駅の近くの住宅地になっている所に、以前は「猫池」っていう割と大きな池があったそうだ。もともとは鎌倉山からの湧き水が溜まって池になっていたんだけど、山の上から見ると、その水を耕作のために引いた流れの筋が丸い池から二本斜めに出ていて、猫の耳みたいで、池から流れ出る川が尻尾みたいに見えるので、「猫池」って呼ばれていたんだって。

実はね、この、今はなくなっちゃった「猫池」から、山を挟んだ反対側には「夫婦池《めおと》」っていう大小の溜池が今もあるんだ。これは、なんでも元禄時代っていうものすごい大昔に（八咫《やた》ガラスさんの時代ぐらいなのかなあ——）、用水として掘られた池で、笛田《ふえだ》にいい田んぼがあるのは、ここから水が引けたおかげだそうだ。一文字さんが教えてくれたけど、「夫婦池」っていうのはそこいら中にあるんだって。斜面に池を二つ、段差をつけて続けて掘って、上は男池、下は女池と呼ぶ。普段は山からの湧き水が溜まっているけど、大雨の時なんかに山からどっと泥水が流れてくると、上の男池がまずいっぱいになって、そこに泥を沈めた上澄みの水が溢れて下の女池に流れ込んで、それが用水として田んぼに行くようになっているんだそうだ。土砂崩れを防いで、同時に用水になる。今は公園になっている散在ヶ池も、慶応三年という、これも大昔に、そういう設計で造った人工の池だそうだ。昔の人は偉いねえ−水の動きをちゃんと分かって利用しているんだ。まずは雄が泥を沈めて、きれいな水を雌に渡そうなんて、カラスみたいに賢い夫婦《めおと》じゃないか。でも分かるだろう……。夫婦ができれば、次は猫が来て、夫婦と猫で家族ができるんだよ。

猫池の水は、今じゃあコンクリートの壁と鉄フェンスで囲んだ小さな四角い所に溜まって、その先は地下になっている所もあるけどちゃあんと流れて行って、神戸《ごうど》川っていう川になって、腰越《こしごえ》で相模湾に注いでいる。夫婦池の水は、笛田川となって今でも笛田の田んぼや苺園を潤して、手広《てびろ》川に合流し、その先で柏尾《かしお》川という大きな川に合流し、そのまた先で柏尾川は藤沢の方から来た境川に合流して、江の島の付け根の所で相模湾に注ぐ。そう、江の島へ渡る所にある大きな川が境川だよ。昔は、柏尾川との合流点から河口までは片瀬川って言っていたそうだけどね。どんな名前になっても、鎌倉山に降った雨は夫婦池や猫池になって、流れ流れて最後は太平洋へ出て、カレドニアまで続いてるんだよ。上空から見るとよく分かる。――感動だなあ。

川で思い出したけど、鎌倉の川には鯉がたくさん棲んでいるよ。鯉だって昔から鎌倉住民だ。鯉が一番多くいる川は滑川《なめり》だろうね。この川はお化け川なんだって。そのわけは、朝比奈峠に水源のある、全長たったの六・三キロといううちっぽけな川なのに、名前が六回も変わるんだよ。上流では胡桃《くるみ》川、浄明寺あたりでは滑川、大御堂《おおみどう》橋のあたりでは座禅川、小町（「小町通り」ではないよ）のあたりでは夷堂《えびすどう》川、延命寺のあたりでは墨売《すみうり》川、閻魔堂のあたりでは閻魔川になるんだ。座禅を組んだり、墨屋になったり、夷様になったり、閻魔様になったり、面白いねえ。今じゃあ面倒だから、若宮大路の先端に突き当たる河口でも滑川と言って、相模湾に注いでいる。鯉が一番よく見えるのは、浄明寺の華《はな》の橋と犬懸橋の間を通っている所と、下流の大町橋あたりだ。大町橋の下に群れている鯉なんか、お化け川住民の名に恥じず、みんな化け物みたいに大きくてデブちゃんで、ドテン、ドテンと泳いでいる。滑川の鯉はスイ、スイな

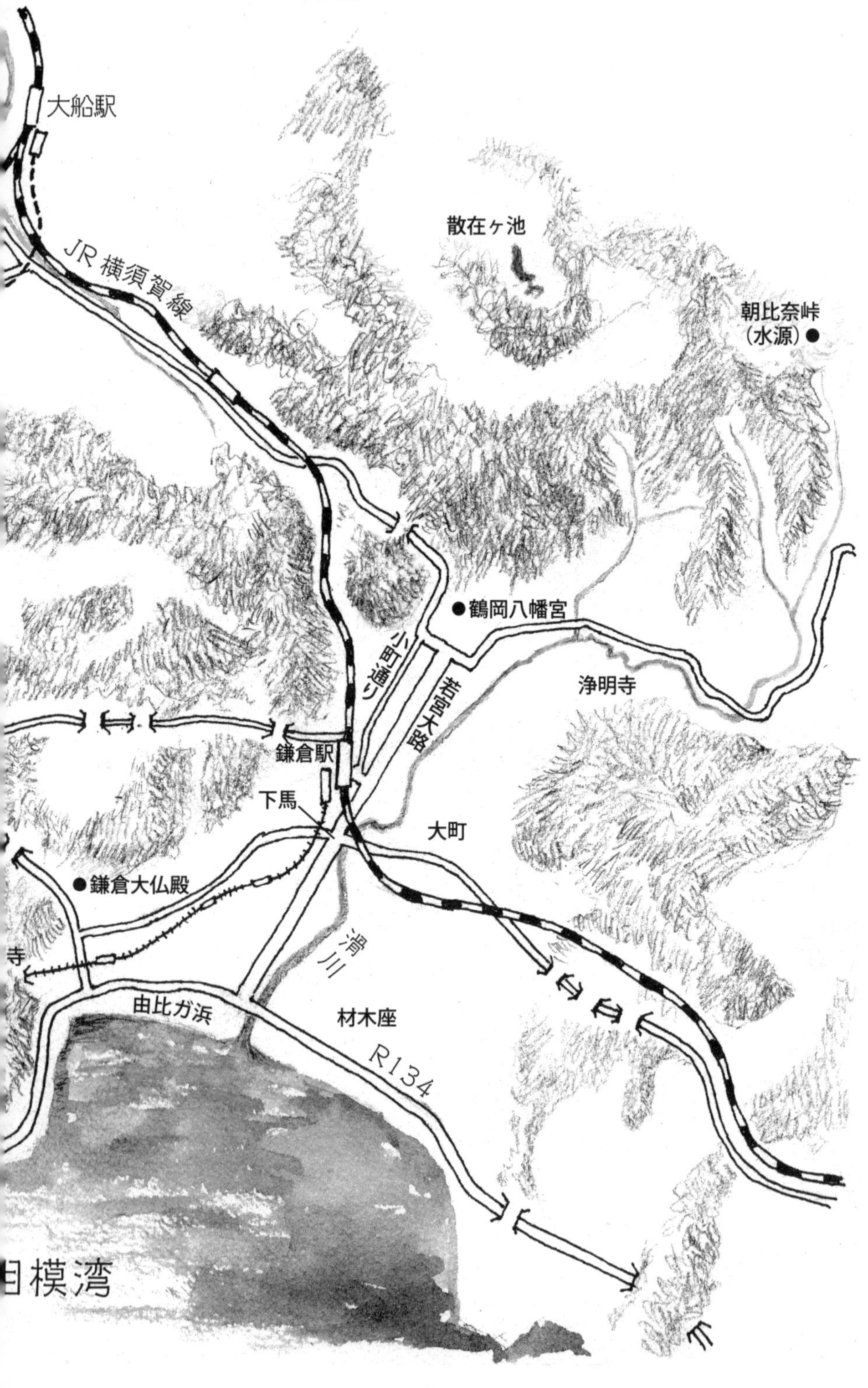

大船駅
JR 横須賀線
散在ヶ池
朝比奈峠
（水源）
鶴岡八幡宮
小町通り
若宮大路
浄明寺
鎌倉駅
下馬
大町
鎌倉大仏殿
滑川
寺
由比ガ浜
材木座
R134
相模湾

鎌倉地図

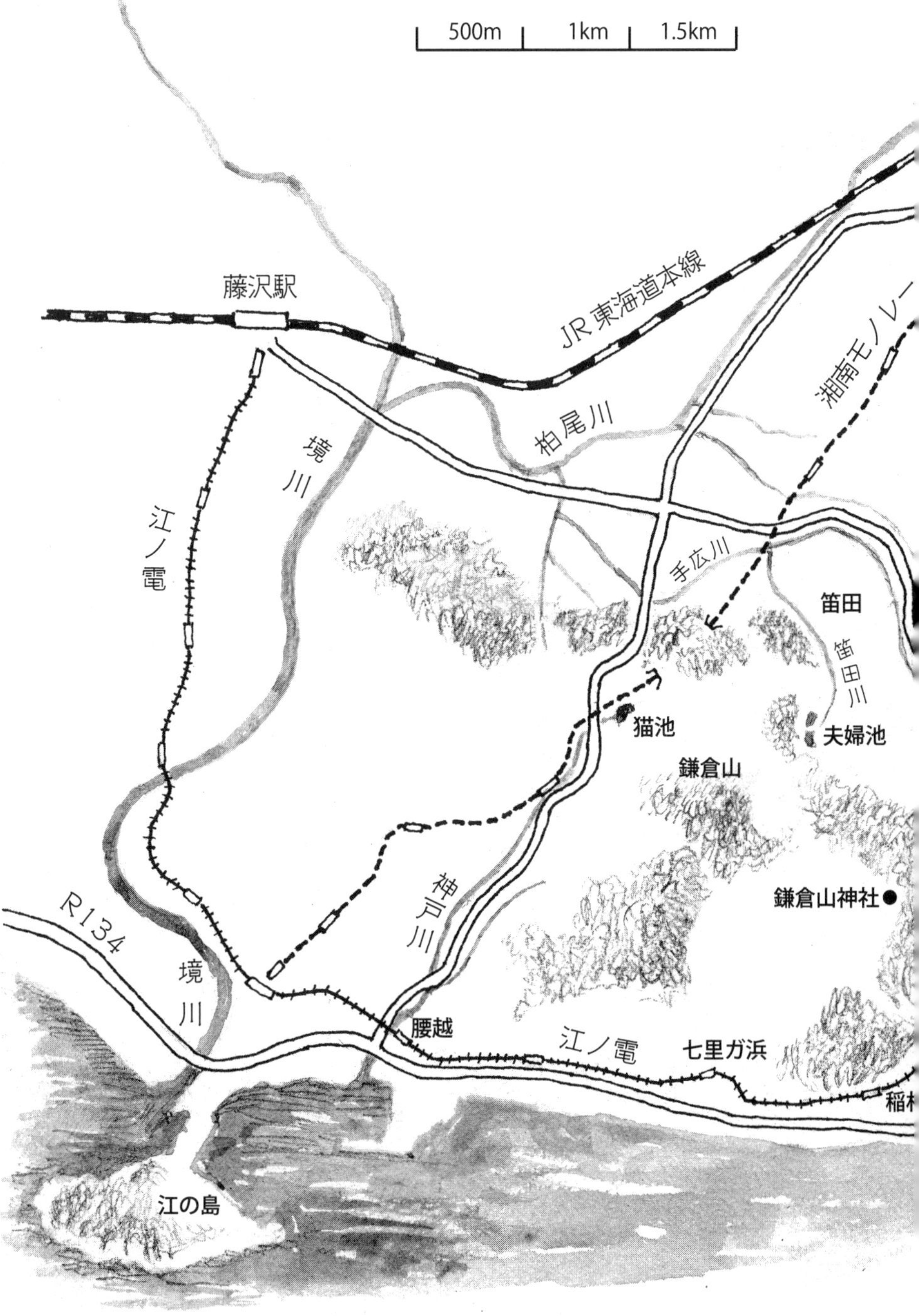
500m
1km
1.5km
藤沢駅
JR東海道本線
湘南モノレー
柏尾川
境川
江ノ電
手広川
笛田
笛田川
猫池
夫婦池
鎌倉山
鎌倉山神社
神戸川
R134
境川
腰越
江ノ電
七里ガ浜
江の島

んて泳ぎません。

ところで、山の中では北鎌倉から逗子へ続く天園という山脈と、鎖大師から例の猫池の方へ下らずにうさぎ山を通って源氏園の山（名なし）へ続く鎌倉山の山脈が一番高くて森も深いから、カラスのねぐらがたくさんある。源氏園はなんてったって、原生林が一番広く残っているから住みやすいよ。おまけにこの峰は鎌倉の中で一番高い地点だそうで、源氏園の地所のすぐ脇に、神社としては鎌倉で一番高い鎌倉山神社があるし、湘南で一番高いっていう電波塔が立っている。

人間は知らないかもしれないけど、カラスは昼間はそれぞれいろんな所を飛んで餌をさがしたり、社交したりするけど、夜はねぐらの森に集まって寝るんだ。だから夕方になると、ねぐらの森にはたくさんのカラスが戻ってきて、お互い一日のいろんな話をしたり、ゴミ出しの仕方が馬鹿な地区をネタに笑いあったり、喧嘩の続きをしたりで、うるさいの何のって、百羽を超えるカラスがカウカウ、ギャアギャア、コウコウ、ガアガアたいへんだよ。ハシブトもハシボソも入り混じって一緒、差別は全くない。

ただ、春の巣作りから夏の子育ての季節は忙しくて、夫婦だけで安全な木の上に巣をかけて所帯を持つんだ。毎年同じ相手と。カラスは一生添い遂げるんだ。一文字さんが言ってたけど、カラスが鳥類のなかでも「カラスの時代」といわれるほど繁栄しているのは記憶力のためだそうだ。同じ親が力を合わせて子育てして、自分たちの記憶を子供に伝えていく。記憶って、ひとりの生涯の中でも消えてなくなっちゃうものがたくさんある。大事な記憶を子孫や一族に伝えられる生き物って、とっても稀なんだって。記憶が文明を作るんだって一文字さんは言っていた。カラスの目の細胞は人間の三倍あるそうだけど、とにかく子供に、大事なものの見分け方をしっかり覚えさせる。ヘヘッ、そうなんだよ、遠い、高い所からでも、おれたちのこの小さな目は、人間にはとても見えない細かいものの動きをキャッチしたり、変わった色や形を識別できるんだ。カラスのおでこって突き出ているだろう、特にハシブトのおでこなんかむっくり出ている。あそこが記憶をため込んでいるんじゃないかな。ヘヘッ、喉には食べ物を、おでこには記憶を、というわけさ。

そういえば、あるカラス学者の人間の論文では、カラスは四歳児ぐらいの知能があって、ただ、記憶力は抜群で、自分に危害を加えた人間のことは一生忘れないと言ってるそうだ。ヘヘッ、笑っちゃうね。四歳児の人間の知能だろう？おいらに言わせてもらうなら、方角とか天気予測とか地震予測とか音の識別とか長距離移動とか、人間は道具なしじゃあ何にもできないじゃないか。地震予測は道具さえないようだ。まあ、人間は二歳児のカラスの知能じゃないかと思うよ。それにさあ、危害を加えた人間に限らず、危険なものと分かったら一生忘れないっていうこと、常識でしょ。人間は自分の忘れっぽさを基準にして考えるから、そんなことを言って驚いているんだよ。

カラスの記憶力で有名なのは、奥飛騨の白川郷に四百年以上前にいた、稗《ひえ》田丸《だまる》と阿礼吉《あれきち》という兄弟ガラスだ。奥飛騨が震源だった天正の大地震のことをすっかり覚えこんで仲間に詠って聞かせて、代々の子孫の飛騨ガラスはそれを受け継いで覚えて、いまだに白川郷ではおでこの突き出た飛騨ガラスがそれを詠い続けている。こういうのを文明っていうのかなあ。一文字さんは以前飛騨まで飛んで、それを聴いてきた。飛騨ガラスはハシボソまで、他所《よそ》のカラスよりおでこが突き出ていたそうだ。

でもとにかく、子育ての時期でない夕暮れ後のねぐらは、おれたちみんなのお喋りで大騒ぎなんだ。一日のうちで一番楽しい時かなあ。そんな時、たまーに一文字さんが、

「カアー！」

と一声、森中に響き渡る声を上げることがある。みんな一斉に話を止める。そうすると、聞こえるんだよ──

「カンコン、カンコン、カンコン、カンコン……」

その音の裏っ側で、違う音が全く違う長さで重なって響いて、

「ガ──ン……ガ──ン……」

そんな音がいつの間にかゆっくり進む澄んだ音になって、

「カロ──ン、カロ──ン……カロ──ン、カロ──ン……」

まるでそれぞれの音がそれぞれのお話を──楽しい話や怖い話や悲しい話や──しているようで、おれたちは闇の中でしーんと、聞き耳をたてる。喧嘩していた奴らも、優しい気持ちになってじっと暗い宙を見つめている。森の木と百羽を超えるカラスは一体となったように、まるでカラスなんか消えてしまっ

て森だけがあるように、動きがなくなる。

やがて音はますますゆっくりになり、弱くなり、最後に、

「……コ――ン」

といって終わる。最後の音を体中に染み込ませるように、しばらくは誰も身動きもしない。自分の黒い体が夜の闇に溶け込んでしまったように、皆お喋りをする気がなくなって、そのまま静かに眠りにつく。


ところがね、源氏園の森で、人間とカラスが一緒になって大騒ぎしたことがあるんだよ。一年以上前の冬の終わりだったけど、何もかも今でもはっきり覚えている。ヘヘッ、カラスの記憶力さ。

一文字さんは大山のカラス仲間のところに独りで出かけていて留守だった。物凄い風が朝から吹きまくって、飛んでいても吹っ飛ばされそうな、いやな日だった。それでもおいらは腰越の龍口寺の方をほっつき飛んでいたんだが、昼をずいぶん過ぎた頃、急にいろんな方角からカラスの鳴き声がして、ねぐらの方へ向かっているのを見た。なんだかどの声も必死でわめいて、仲間を呼んで

いる。すぐに気がついたことは、おれたちのねぐらの方角から白い煙が大量に上がって、海からの風にあおられて内陸にぐんぐん飛ばされているんだ。おいら、生まれてからこんな光景を見たことがなくって、声を上げるのも忘れてねぐらの方へ飛び続けた。近づくと、源氏園の敷地の麓一帯に広がっている枯れた小竹の藪が火の海で、炎がちぎれるようにバリバリと音をたてて燃えさかっている。火は海からの風にぐんぐん押されるように、麓から山の上に向かっていき、火の壁がどんどん縦と横に広がって、煙がその壁の何倍もの高さで広がっていく。これが山火事なんだ。麓の地蔵堂や周りの住宅地は風上なので何の被害もなく、上空からもよく見えた。

　カラスたちは煙を避けて高速で旋回し、皆ただ大声で鳴いている。すでに消防隊が極楽寺からの路を入って来ていて、盛んに放水していたけど、麓の路は狭くて、車がすれ違えるのは二、三か所なので、何台もの消防車が一列に続いて停まっている。やつらは風上の住宅地に絶対に火が回らないようにしているだけのようだった。実は、この狭い路が源氏園の山に突き当たる所には、昔から地元の人に「お化けトンネル」と呼ばれているトンネルがあるんだ。源氏園になる前の山荘を造った大金持ちが、そこいらの山をまとめて買った時に、そのトンネルも含めて買い取ったわけなんだけど、地元の人は昔通りに勝手に使わせてもらって山の反対側へ出る近道にしてきたそうだ。面白いねえ、そんなに便利に使っているのに、「お化けトンネル」なんて失礼な名前つけちゃってさ。でもね、仲間内の親しみを込めた名前なんだよ。お化け川のお化け鯉みたいなもんさ。今じゃあちゃんと舗装してあって、大仏坂通りの旨いゴミを出すピッツァ屋の方へ通じている。でも車一台しか通れない狭い、おまけにやけに長いトンネルなんだ。上空に出られない所は、鳥は絶対に通り抜けない。おいらはその両方の口から中を覗いたことがあるだけだけど、壁に古ぼけた型の蛍光灯がポツン、ポツンとついている暗い路だ。このトンネルの方からは何も車両が来ないのは、こういう時には消防車やなんかが通り抜ける道として空けておくことになっているんじゃないかな。

　ところがしばらくすると、尾根近くの源氏園の正門からウーウーと消防車が入ってきて、おいらの大好きな切通の橋の下を通り、次々と広い芝生（雑草でいっぱいだったけど）の庭に乗り込んできた。車がこんな所に入ったのは、このお屋敷始まって以来だろう。でも、構うもんかという感じで、三台の消防車がずらりと庭に並んで、一斉に放水しだした。下の極楽寺側と上の鎌倉山側から、火の手を挟み撃ちってわけだ。その時気がついたんだけど、三台ともちょっと小ぶりの消防車なんだ。源氏園の正門は立派な瓦屋根がついているので、極楽寺側に来ているような大型の消防車は通れないんだろう。鎌倉にこんなサイズの違う消防車があったなんて知らなかった。それでもホースは重いんだろうなあ、それぞれおじさんが二人で、一人は片膝をついて、もう一人は中腰で抱えて放水している。

それからまたあれっと思ったのは、二台は燃えさかっている火をめがけて麓の方へ放水しているんだけど、一台は反対向きに母屋と茶室とその周りの植え込みめがけて放水しているんだ。茶室の屋根も蹲踞《つくばい》も大雨の中にいるようだった。ああ、火の粉が飛んで建物に火がつかないように、水びたしにしておこうってわけなんだな、さすが——、と思った。おまけに、その消防車だけはホースを庭のはずれにある井戸に突っ込んで水を取っているじゃないか。あそこに井戸があること、よく知っていたなあ、とますます感心してしまった。二台は正門の脇と母屋の近くにある消火栓を使っているけど、庭の先では、あの井戸が一番近くていいんだろう。消防車は小型でも強力な吸い込み装置があるらしくって、放水用のホースからはどんどん水が出ていた。ずいぶんと深い、水量の多い井戸なんだ。

火が出てからどれくらい経ったのか分からないけど、夕方になる前にはすっかり火は消えたようだった。燃えたのは主として麓近くのかさかさに枯れていた小竹の藪で、ずいぶん広い範囲だけど、山の中腹あたりから上にかけて生えている大きな杉や葉の落ちた広葉樹はしっかり立っている。おれたちがねぐらにしている杉と雑木の混ざった林も無事だった。極楽寺からの路には、暗くなっても見物人がいっぱい来ていた。狭い道路脇の家々は普段と違って雨戸やカーテンを閉めず、灯りがついている室内が丸見えで、なんだかみんな大声で話したり、外を眺めたりしている。いつもはポツンポツンとしか街灯のない路が、上から見ると、まるでずらりとお祭りの縁日が出ているようだった。

おれたちカラスも、みんな興奮状態だった。何時間も大声で鳴いて飛び回り、やっとねぐらの枝に止まれたのだから疲れ果てているはずなのに、声が嗄《か》れているのを気にもせず、まだ大声でがやがや話していた。その時だった。誰が言ったのか分からないけど、急に、シッという声というか気配がした。それが一瞬で伝わった。そして、みんなは聞いたんだ――

「カロ――ン……カロ――ン……カロ――ン……」

息が詰まりそうに強い、焦げた臭いの中で、おれたちはその澄み切った音色に聴き入った。さんざ使わしてもらった水が、締めくくりの贈り物をおれたちにくれているような気がした。

山火事の翌日は、朝早くから消防署や警察署の人が来て、なんだかいろんなことを調べているようだった。胸に笹りんどう（鎌倉市の花）のマークがついた作業服の市役所の人もいたし、神奈川新聞の腕章をつけた人まで来て、写真を撮っていた。その日の午後、もう誰もいなくなってから、源氏園の見回りを任されている元刑事のおじさんがやって来た。いつものように、古ぼけたハンチングをかぶって、体を片方に曲げて、でも速足で切通から入ってきた。母屋の前に立って、消防車が泥の深い跡をつけた雑草だらけの芝生をぐるりと見回して、それからまっすぐに井戸へ行った。いつもは見回りの最後に井戸に行って釣瓶《つるべ》を動かすんだが、その日はまずは井戸を点検という風だった。火事の時に井戸水を使ったことを知っているのかな。綱をぐいぐいといつものように動かしたが、釣瓶桶にはちっとも水が入らない。おじさんは明らかに、ややっ？という感じで中をのぞき込みながら、今度は一つの桶を思いっきりという感じで投げ込んだけど、やっぱり水は汲めなかった。消防車が井戸に溜まっていた水をいっぱい使ったから、水位が下がっているんだろうな。

するとおじさんは急に井戸の縁から身を乗り出して、底の方をのぞき込んで、それから体を元に戻して宙を見つめた。案外長かった。それから急にびくついたように体はそのままで、ちゃっちゃっと辺りを見回し、ゆっくり振り向いて、またちゃっちゃっと見回した。誰も見ていないよ、と言ってやりたかったね（おいらは見ていたけど）。いつもは何もかも動作がのろいおじさんが、そんな風に素早い目つきをするのを見るのは初めてで、なんだか異様な気がして、おいらは身動きもせずに木の上から見つめていた。

おじさんは速足で母屋に入って行って、すぐに大きな鋸《のこぎり》を持って出てきた。

そして庭の端にある、火事で焼けた小竹と同じようにほとんど枯葉になっている竹藪へ行った。竹は春に葉が枯れて落葉するんだ――「竹の秋」は春のこと。そこで竹をゴリゴリと切り始めた。切り倒した長い竹をずるずると引っ張って行って、井戸の前で「さあ、やるぞ！」とでもいうように、ハンチングをパッと草の上に脱ぎ捨てた。それから、茅葺き屋根に引っかかるのも構わずに、呆れるじゃないか、その竹を根元に近い太い方を下にして、ズボンと井戸に落としたんだ。つまり、井戸に竹を立てたんだ。その間、おじさんはぐっと口を結んで、ありったけの力を出しているという感じだった。井戸の上には竹の先端のガサガサの細い枝がたくさん出ていたが、そこを両手で掴んで、歯を食いしばって竹全体をストンストンと上下に動かして、竹の元が井戸の底についているることを確かめているようだった。すごい力が要るようで、体がよろめいてしまって、井戸に落ちてしまわないかとハラハラしたよ。

それから今度は、その竹を井戸から引っ張り上げた。それもずいぶん力の要る仕事のようだったが、とにかく全部を引っ張り出して、井戸の脇の地面に横たえた。もちろん下の方は濡れていて、底にどのくらいの深さで水が溜まっているかが分かる。おじさんは胸のポケットからボールペンを出して、その水位を示す所に線を引いた。つるつるの竹の表面にボールペンだから、ちっとも書けず、ゴリゴリとひっかき傷を作っただけだが、それで満足したようだった。水位はおじさんの腕の長さより低かった。それを見届けると、「ハ――ッ」という声を上げて、大きなため息をついた。見ていたおいらまで、一緒に安堵のため息をつきたい気分だった――何の安堵なのか分からなかったけど。

井戸の水位が下がってしまったことがそんなに大変なことなのか、おじさんはそんなに責任感を持って源氏園を管理しているつもりなのか、おいらはちょっと不思議な気がしてしまった。第一、井戸の水位はいずれ元のようになるだろうから、何も心配する必要はないいんじゃないかと思った。五分ほど草に尻をついて休んだら、おじさんは庭の他の所を見回りもせず、母屋の中にも入らず、帰ることにしたようだった。ところが庭から切通に入る所で振り返って、井戸の脇に例の長い竹と鋸が出しっぱなしになっていて、ハンチングまで忘れているのに気づいた。大慌てで戻ってきて、ハンチングをかぶり、鋸は母屋に持って行き、竹はまたずるずると竹藪の方へ引っ張って行って、藪の中に突っ込んで隠してしまった。そして今度こそは安心というように、肩をすぼめてかすかに笑いながら速足で出て行った。一体、こりゃあ、何なんだ。あの笑いは、責任感なんていうよりも、おいらにはどこかこすい笑いのように見えて、いやな感じがした。

その翌日、つまり火事から二日目の午後、また元刑事のおじさんが来た。他のカラスが何羽も集まってきて、高い枝に止まって熱心に下を見ているので気がついたんだ。今度はライトバンを若い男に運転させて入って来ていて、おじさんは助手席にいた。切通から入ってすぐの、庭に入る手前で車を停めて、二人は降りてきた。

「こっち、こっち」

と、おじさんは言って、野球帽に黒いジャンパーの若い男を井戸の方に案内して行った。野球帽の男は源氏園は初めてらしく、井戸のことなどそっちのけできょろきょろ辺りを見ながら、

「でっけえなあ」

と、間の抜けた声で感嘆していた。おじさんに急かされて、井戸の所に行って、じろじろ見ながら、

「この井戸を下りるんですか」

と、今度は真面目な声で言った。

「そう、お前ならなんてことないよ。木の枠だから縄梯子はがっちり留まるし、今は水が半メートルもない。こんなことは滅多にないんだ。昨日竹を立てて測ったから分かっている。まあ、俺だっていいんだけど、お前の方がずっと身が軽いし、背も高いからね。福岡へ発つ前に一週間近くあるそうだし」

「ええ、上で見ていてくれるんだから、大丈夫ってことは分かっていますけどね。下りて、底に立ってみればいいんですね」

「そうそう、底に立ってたら、底がちゃんとしているか見てほしいんだ。ついでに何かないか、懐中電灯でちゃんと底を見てほしい」

「何か落としたんですか」

と、野球帽は無邪気な顔で、おじさんを見下ろして尋ねた。

「いや、いや、そういうわけじゃないよ。ただ、こういう時でないと、井戸

の底が見られないからね。俺も管理人として責任がある」

　おじさんは慌てて答えた。

　二人は車の後部から、かさばったものを運んできた。地面に置いたのを見ると、これが縄梯子というやつなんだろう、大きな鉤が二つついているものが、いかにも新品らしく縄は真っ白で、きちんとたたんであった。二人はその鉤を井桁の木にぐいっと押し込んで引っ掛け、それから梯子を井戸の中に垂らした。

「深いんだねえ」

「こんな高い所だから、水脈が下の方なんだろう。でも大丈夫だ、水面まで届いているはずだ」

　おじさんは一人でうなずきながら言った。

　野球帽は、来ていたジャンパーを脱ぎ捨ててトレーナーになり、デニムの尻ポケットからスマホを抜き出して、脱いだジャンパーの上に大事そうに置いた。

「梯子が落っこったって、電話かけなくても、助けてくれるよね」

と、クスクス笑いながら言った。おじさんも笑いながら、

「おお、まかしとけ。水に落ちたスマホなんて役に立たんだろう」

と答えた。

それから野球帽男は、おじさんに促されて野球帽を取り、スニーカーもソックスも脱いで裸足になって、井桁に馬乗りになった。それから、

「あらよっ！」

と楽しそうな大声を上げて、梯子に乗り移った。

「あっ、ライト、ライト」

おじさんが慌てて、細長い懐中電灯を野球帽（もうかぶっていないけど）に手渡すと、男はオッと言って尻ポケットに押し込んだ。何もかもが、ちょっと緊張感が足りない感じで、他のカラスももぞもぞと体をゆすって見ていた。

野球帽はすぐに水面に着いたようで、

「水の所に来たよー。底に下りるよー」

と大声で言うのが、井戸の空洞に響いた。

「よーし、しっかりつかまって下りろよ。手を放すんじゃないぞ」

おじさんが応えた。

「分かってるよー。もう底に立ってるよー。うわー温ったけー。案外浅いよー」

野球帽の声が反響を伴って返ってきた。

おじさんは夢中になって井桁に乗り出して、怒鳴った。

「底はどうなっている？　ライト、ライト。ライトをつけて見るんだ。平らか？　何かあるか？」

「ライトつけても、足で触っても、大きな石がボコボコあるだけだよー。石組みの壁の向かいに大きな四角い穴があるだけで、何にも落ちてないよー」

「よーく見ろ。本当に石だけか？」

「うーん、まあ石の色だよー」

野球帽の声がまた反響して返ってきた。

「もう、上がっていいだろうー？」

おじさんはそれでも緊張した声で、

「そうか、そうか、じゃあ、上がって来い」

と答えた。

野球帽は割にゆっくりと時間をかけて上がってきて、ぐいっと井桁の木にかけた両手で身を支えて井戸の外へ跳び出ると、

「何てことなかったなあ。水は、ほれっ、ここまでだった」

とジーンズの膝下まで濡れているのを見せた。それから大発見という感じで、

「あっ、それからね、水がものすごく温ったかいんだ。気持ちよかったなあ、温泉の足湯みたいだった」

と目を輝かせて笑った。それから、真面目な顔つきで続けた。

「あのさあ、稲村ガ崎温泉って、この山を下ってずうっと行った所だろう。これ、温泉の水脈なんじゃないかなあ。この山の反対側へ下って行った梶原や山崎じゃあ、昔は温泉があって、温泉宿でバクチなんかやっていたって聞いたよ。この山から海側と陸側に温泉の水脈が下っているんじゃないの。いつか言ってたね、ここの見回りの仕事を辞めたら、温泉巡りで別府に来るって。別府は案内してやるけど、鎌倉のこんな所にもちゃんと温泉があるんだよ！」

野球帽は最後の方はすっかりうわずった声になり、叫ぶように言った。

おじさんはそんな彼をニコニコとうれしそうに眺めながら言った。

「いやー、でもこれは温泉じゃないよ、鉱泉かもしれんが。夏は冷たくておいしい水だよ。深い地下水だから、いつも同じ水温なんだよ。今は寒いから温っ

たかく感じるんだよ」

だが、それからまた、

「本当に、底は石だけなんだな？」

と言った。

「何で信じないんだよ。スマホ持ってれば、写真撮れたけど」

「信じないわけじゃあないよ。でも、本当に石だってことがどうして分かったんだ。懐中電灯の光だけで分かったかい？」

「うん、ゴロゴロ硬くて、黒っぽくて。他に何があるんだよ」

と野球帽は、呆れたように言った。

おじさんは我に返ったように、今度は何度もうなずいて、笑顔になり、彼にスマホとジャンパーを渡した。野球帽は野球帽をかぶり、デニムの裾を絞って、上の方はパンパンとはたいて、それからソックスとスニーカーを履いた。

二人は帰ることにしたらしく、井桁に蓋をして、二つの釣瓶桶を蓋の上に並べて置いた。野球帽は縄梯子をライトバンの方へ運び始めたが、途中でおじさんが声をかけた。

「待て、待て。梯子は残しておこう。中に入れておこう」

おじさんは野球帽を案内して縄梯子を母屋に運び込み、どこに入れたのか知らないが、二人はすぐに出てきた。そしてそのまま車に乗り込み、また野球帽が運転して切通をバックで戻り、門から出て行った。車が門を出た所で、おじさんは降りて引き返し、門の内側から閂《かんぬき》をかけ、自分は脇の小さな通用口から出て、その木戸に鍵をかけた。ライトバンはまた二人を乗せて、走り去った。門は壁のように閉まっていた。


だが井戸の話はこれでお終いじゃあないんだ。

野球帽男が井戸に入った次の日は晴れて、おいらはまた腰越港へ行ってどっさり魚を食べて夕方までほっつき飛んでいたが、次の日から大雪になった。鎌倉山の尾根へ上るバス道路は曲がりくねった急坂なので、二日続いた雪がやんだ後も積雪でバスが不通になっていた。源氏園の方は、とにかく全然人間が出入りしないので、いつまでも深い雪が残っていた。

雪の後の最初の晴れ渡った日、あの野球帽男が一人で源氏園に入り込んできたのに気がついた。フーン、まだ何処とかへ発っていなかったんだ、と思った。厚いマフラーをぐるぐる巻いて、野球帽の代わりに暖かそうなスキー帽みたいなのをかぶっていたが、すぐに分かった。どうやって入れたのか知らないが、切通からまだ一面雪に覆われている庭を見渡していた。それから、スニーカーがすっかり雪に埋まるのも構わず、何の足跡もないまっさらな雪の庭を横切って、井戸の方へ歩いて行った。あれれっ、何でこんな時にまた井戸へ行くんだろうと、おいらは不思議な気がして、木の枝に止まってじっと見ていた。

スキー帽はまっすぐに井戸へ行くと、前に立って井桁を見つめていた。普段は井桁に蓋がしてあるのに、すっかり開けてあって、蓋は脇に立てかけたまま、その上に雪が積もっていた。ってことは、雪になる前に開けて、そのままってことだ。スキー帽は井戸に近づいて、そっと覗き込んだ。首を動かして、いろんな角度から中を見ようとしているのが分かった。でも何も見えなかったらしく、顔を上げて、何か深く考えているように宙を見つめていた。それから、立てかけてあった蓋を取り上げて雪を払い落とし、井桁にしっかりかぶせると、釣瓶桶を二つその上にきちんと載せた。

帰りかけて、思いついたように、スキー帽は今度は母屋に急ぎ足で行って、戸を開けて中に入った。鍵はかかっていなかったようだ。縄梯子でも取りに入ったのかと思ったけど、見つからなかったのか、出てきた時は別に何も持っていなかった。いらついているのか、唇をぎゅっぎゅっと動かして、それから急に何だか泣き出しそうな顔になって辺りを見回し、そのまま走るように切通を抜けて門の方へ行った。おいらはそっと飛んで、門が見える枝に止まった。スキー帽は、閂で閉まった門の脇の大きな木によじ登り、そこから通用口の屋根に跳び移ってやすやすと地面に跳び下り、門の外へ出た。それっきり、スキー帽男（または野球帽男）の姿を見たことはない。

これが、一年以上前の山火事とその後の井戸事件について、源氏園の六郎が記憶していることです。

三

栗林靖男と申します。警察官としての最初の所属は昭和三十三年、神奈川県警、鎌倉警察署でした。赴任当初のある日、管轄区域である鎌倉市南部の交番と駐在所を回っていた時のことでした。鎌倉山駐在所の巡査がちょうど巡回訪問で源氏園になる以前のお宅に行くところに同行したのが、芦川家の敷地に足を踏み入れた最初でした。

「鎌倉山一番の広い敷地で、大邸宅だよ。知っておいたらいいし、まあ話の種だから、一緒に来たら?」

と言ってくれたその巡査には、その後もずっと懇意にしてもらいました。駆け出し警官時代には署ではできない相談にのってもらったり、奥さんの手料理をご馳走になったこともよくありました。芦川家は単に大邸宅だからというのではなく、政財界ともつながりがあり、戦前は華族さんもよく訪問していたという大物で、警官が立ち寄ることになっているそうでした。

初めて行ったその時には、それでも昔に比べるとずいぶん零落していたそうで、定期的に入る庭師の他は、使用人は住み込みの中年の夫婦と通いの運転手だけでした。駐在がその住み込みの女中さんと玄関で話していると、奥から和服の芦川ミネ子さんが出てきました。

「ああ、駐在さん。いつもご苦労様です」

と言ってから、

「あら、新任の駐在さんなの？」

と自分の方に愛想よく会釈しました。もうかなり年配だったはずですが、きれいな奥様だなあ、というのが第一印象でした。私はすっかり緊張してしまい、ただ名を名乗って敬礼すると、駐在は笑って答えました。

「いえいえ、これは鎌倉警察署所属の新任で、管轄区域の見学みたいなものです」

「あら、そうなの。ちょうどいいから、お茶でも飲んでいらしてくださいよ」

「とんでもない。勤務中です。異常がないかどうか確認したらすぐに帰ります」

巡査は律儀に辞退して、私たちは玄関を出ました。それから広い庭園や茶室のある一角を見回り、崖の下にある昔風の釣瓶井戸なんかも見ていきました。玄関前に戻ったら、先ほどの女中さんが待っていて、正門までついて来て見送ってくれました。この芦川邸に初めて行った時のことは、数十年経った今でも、ミネ子さんが着ていた着物の色まではっきり覚えています。ところが当時あんなに親切にしてくれた駐在さんの奥さんの方は、名前すら思い出せないのです。

その後、時々鎌倉山の駐在所に行くことがありました。さっき申しましたように、駆け出しであまり署内の人間関係が分からない頃、巡査が気持ちよく相談に乗ってくれたり、自宅に夕食に呼んでもらっていろいろな話をしました。芦川家のことも何度か聞きました。芦川夫妻は戦前、製薬業で莫大な資産を築いたそうで、それも主たる商品はビールの搾りかすを原料とした「わかげん」という保健薬だけだったそうです。「わかげん」の名前は私もよく知っているもので、へえー、あの誰でも知っている黄色い箱の薬の製造元だったのだ、と驚きました。

大金持ちとなった芦川夫妻は、本宅を東京の桜新町に建て、敷地は七千五百坪、庭園の造営には十年もかけ大邸宅にしたそうです。すこし遅れて、鎌倉山の例の土地十三万坪も入手して、本宅と並行してあの山荘を造ったのです。戦前の羽振りのよかった頃は、本宅や山荘でよく政財界や軍の大物、芸術家、文化人を招いて園遊会を開いて、宴会の後は茶室に移動して茶の湯で締めくくる

春 風 社 の 本
好 評 既 刊

文学・エッセイ

この目録は2020年5月作成のものです。これ以降、
変更の場合がありますのでご諒承ください。

春 風 社
〒220-0044　横浜市西区紅葉ヶ丘53　横浜市教育会館 3F
TEL (045)261-3168 ／ FAX (045)261-3169
E-MAIL：info@shumpu.com　Web：http://shumpu.com

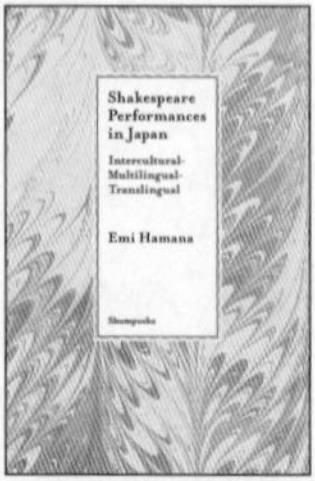

Shakespeare Performances in Japan

Intercultural-Multilingual-Translingual

浜名恵美 著

日本における多彩なシェイクスピア上演を、異文化コミュニケーション・相互理解・超言語実践の研究と結び付け、理論と実践の両面から考察。モデルとなる上演を求め、その意義と特色を批判的に解明する。＊本文英語

[本体 5500 円＋税・A5 判・188 頁]
ISBN978-4-86110-657-6

荒地

T・S・エリオット 著／滝沢博 訳

モダニズム詩の金字塔『荒地』の最新訳。《孤独》という時代の病理をえがく同作を清新な日本語訳で読み直す。作品中に現れるモチーフや制作過程に複数あるエディション間の異同の問題等に着眼した解説も充実。

[本体 2900 円＋税・四六判・312 頁]
ISBN978-4-86110-649-1

『パターソン』を読む

ウィリアムズの長篇詩

江田孝臣 著

アメリカのモダニズム詩人、W·C·ウィリアムズの代表作『パターソン』。文学的交流から地誌、産業史、政治、人種表象……と様々な角度から読み深めた論考 11 篇と、ニュージャージー州パターソンの街についてのエッセイ 2 篇他を収録。

[本体 3500 円＋税・四六判・350 頁]
ISBN978-4-86110-645-3

ジョイスの拡がり

インターテクスト・絵画・歴史

田村章 著

ジョイスの作品を「他のテクストとの関係」「視覚芸術との関連」「歴史記述の問題」という三つの観点から解釈し、新たな読みの可能性を提示する。テクストの〈細部〉と〈外部〉を大胆に往還するユニークなジョイス論！

[本体 3500 円＋税・四六判・316 頁]
ISBN978-4-86110-625-5

神西清の散文問題

小林実 著

「外国文学とは、輸入が規制されている高級食材でできた料理のようなものである」。ドストエフスキー、チェーホフ、ツルゲーネフ、プーシキン、ジッドらの翻訳者、神西清が日本語と格闘した軌跡をたどり、翻訳魂の真髄に迫る。

[本体 3900 円 + 税・四六判・248 頁]
ISBN978-4-86110-667-5

救いと寛容の文学
ゲーテからフォークナーまで

今村武・内田均・川村幸夫・佐藤憲一 著

危難の時における「救い」「寛容」という視点から、アメリカ、イギリス、ドイツの文学作品を読み直し、文学に秘められた精神的挑発性を解き放つ。読者へのガイドとなる作者紹介と作品概略を各章末に収録。

[本体 3500 円 + 税・四六判・234 頁]
ISBN978-4-86110-654-5

めぐりあうテクストたち
ブロンテ文学の遺産と影響

惣谷美智子・岩上はる子 編

シャーロットとエミリの影響を直接・間接に受けた、あるいは何らかの接点を見出しうる同時代および後世の作家・作品を論じ、新たな読みを提示する。「源泉」としてのブロンテ文学の大きさを明らかにする、多彩な論考 20 篇。

[本体 3500 円 + 税・A5 判・432 頁]
ISBN978-4-86110-629-3

村上春樹　精神の病と癒し

南富鎭 著

「精神の病は不可逆である。一九七〇年と一九七三年にいったい何があったのだろう」。病理は文化現象であるとの認識に基づき、『風の歌を聴け』から『アンダーグラウンド』に至る村上春樹の文学を精神の病と癒しの側面から読み解く。

[本体 2700 円 + 税・四六判・360 頁]
ISBN978-4-86110-652-1

●永遠なるカミーノ
フランス人作家による〈もう一つの〉サンティアゴ巡礼記

著者：J＝C・リュファン
訳者：今野喜和人
本体二五〇〇円＋税
四六判　二四二頁
ISBN978-4-86110-674-3

比較的マイナーな〈北の道〉と〈プリミティボの道〉を経て、聖地サンティアゴ・デ・コンポステーラへ。ゴンクール賞受賞のベストセラー作家による、ユーモアと批評精神に満ちた稀有なサンティアゴ巡礼記。

●ポール・ボウルズ
越境する空の下で

著者：外山健二
本体三五〇〇円＋税
四六判　四二四頁
ISBN978-4-86110-683-5

ウルズにとって〈移動〉とは何あったのか？　どのようにイスーム圏のマグレブを表象したの？　映画化もされた『シェルタング・スカイ』における自伝性は？　越境する作家の魅力の根を探る渾身の論考。

話題の本

●転生する物語
アダプテーションの愉しみ

著者：渡辺諒
本体二五〇〇円＋税
四六判　二九六頁
ISBN978-4-86110-685-9

原作の魅力をうまく引き出し、時に原作を超えたおもしろさが発見できる翻案作品。古典～現代の著名な７作品が、フランス・ミュージカル、宝塚、ハリウッド映画、劇団☆新感線など、ジャンルによっていかに姿を変えるのか!?

●個から群衆へ
アメリカ国民文学の鼓動

著者：佐久間みかよ
本体三四〇〇円＋税
四六判　三〇〇頁

を重視する文化から、多様性った群衆の文化へ――植民地のピューリタンから、ホーソーメルヴィル、トウェインを経て、のチカーナ作家まで、「個からへ」という流れの中に位置づ読むアメリカ文学の成り立ち。

というのが、ミネ子さんの趣向だったそうです。あの山荘にも茶室が四つつながってあるんですからね。本宅の脇の家に、裏千家の内弟子だった名のある茶道師範を住まわせて茶事の差配をさせ、宴会の料理は北大路魯山人の星岡茶寮から引き抜いた料理人が采配を振るったそうです。鎌倉山の山荘の方で宴会を開くときには、そういう点茶と料理の名人とたくさんの使用人を東京から引き連れて来たそうです。

芦川邸に二度目に行ったのは、駐在と初めて行った一年後ぐらいで、偶然のことでした。四月初旬の非番の日に、桜並木で有名な鎌倉山の尾根の道路を歩いて一人で花見をしていた時でした。歩いている私を通り越して行った大きなキャデラックが突然止まりました。スッと開いた窓から顔を突き出して手を振っていたのは芦川ミネ子さんでした。

「芦川ですよ。駐在さんのお友だちの巡査の方でしょう」

「はい……」

と言ったきり、驚いて何も言えずにいる私にミネ子さんは続けました。

「お花見ですか。今日は非番なんですね」

「はい……」

すると、車内のもう一人のご婦人に、

「やっぱりお休みですって。来ていただく？」

と訊いて、同意を得たらしく、

「すいませんが、お時間があったら、ちょっと伺いたいことがあるので、うちにお立ち寄りになりませんか。非番ならいいでしょう？」

と言って、さらに、

「うちの庭でもお花見ができますよ」

と、にこにこと付け加えました。私が呆然としたままうなずくと、ミネ子さんは運転手を促して助手席のドアを開けさせ、私はそのまま車内に入ったのでした。

車は動き出し、「伺いたいこと」が何なのかは車内では全く触れられることなく、やがて芦川邸の大きな門をくぐりました。広い応接間に通されて、ミネ子さんと連れのご婦人が別の部屋でコートを脱いだりしている間に、女中さんがお茶を出してくれましたが、私はそれに手もつけず、ボーッとしたまま立派な長椅子の端に座っていました。

「うちの桜も満開で、いいでしょう?」

と言いながら、コートを取ったミネ子さんが入ってきて、そのまま床まである大きなガラス窓の方へ歩いて行きました。すぐ後について入ってきた客のご婦人も窓際に行き、

「うーん、枝が大きく広がっているから、バス道路の桜並木とは違うわねえ。今まで桜の季節に来たことがなかったから、こんなにあるなんて気がつかなかった。豪華、豪華。何本あるの? 見えるだけで五本かな」

と庭を見渡していました。仕方なく私も窓際に行きました。建物が土地の傾斜を利用した造りなので、応接間は二階になっていました。そこから見渡せる広々とした庭の芝生を囲むように、満開の大きな桜の樹がそれぞれ枝を広げて何本かあり、さらに松や檜の間にも桜の木が何本もあるようでした。

「あー、見事ですねえ」

私は思わず声を上げてしまいました。そして、これが、あのバス道路でミネ

子さんに呼び止められてから初めて発した言葉らしい言葉であることに気がつきました。

ミネ子さんは、

「奥の方にある桜も入れたら、何本あるのか分かりゃあしないわよ」

と婦人客に答えてから、私の方には、外を見ながら言いました。

「あのね、ほら、遠くの葉山の方の山にずうっと、ポッ、ポッ、ポッ、と山桜が見えるでしょう。遠山桜……これが始まると、山並み全体がぼんやりと薄桃色になるの。この家の自慢のお花見は、あの遠山桜なんです。東京じゃあ見られないものよ」

確かに、重なりあった山並みに点々とある山桜の色が、その周りの若芽の出る直前の木々も染めているかのように、山全体が薄桃色に見えました。その山並みの低くなった所から、扇面のように青い海も見えました。

その後も、ミネ子さんと婦人客はお茶を飲みながら、桜についてたわいない話をしているので、私はたまりかねて、

「あの、自分に訊きたいことがあるとのことでしたが……」

と言うと、ミネ子さんはすっと背筋を伸ばすようにして私の方を向き、答えました。

「あら、そうでしたね。実はこの人が変なことを言い出すものだから、それじゃあ警察は何て言うかしら、ってことになって、そうしたらちょうど眼の前をあなたが歩いているのが見えたので、咄嗟に声をかけてしまったんですよ」

婦人客はちょっと困ったような小さな笑いを浮かべました。ミネ子さんもそれを見て、ちょっと笑いながら、

「まあ、こういうこと、戦後の警察はどう言うか訊いてみるだけよ」

と私の方に向きなおると、

「あのね、ある方が真剣に自殺したいって言って、自分も、その方にとって自殺が一番いいのだろうと思われた時にね」

と、とんでもないことを真面目な口調で話しだしたので、私はびっくりしてしまいました。

「そういう時に、その方に、楽に死ねるクスリを手に入れて欲しいって頼まれて、たまたま自分はそういうクスリを手に入れるつてがあって、その方に差

し上げて、その方がそれを飲んで自殺した場合にね、そのクスリをあげた人間は罪になるのかどうか、ってことなのよ。その方が後日、一人でそのクスリを飲んで死んだとしても、これは自殺幇助なのかしら。そうすると犯罪なのかしら」

「分かっていて、自殺するのを助けたのだから……」

と、私は言いよどみました。

「そう、分かっていたから幇助になるのね。でも自殺すること自体は犯罪ではない。そのためにクスリを渡すって、友情でしょう？」

「友情でも、犯罪は犯罪ですよ」

「そうね、クスリをあげないことは友情に反するけど、犯罪ではない」

「そうですね」

「クスリが手に入らなかったら、自殺しなかったかもしれない。だいたい、自殺なんてしなかった方よかったんじゃないか、なんて考えることもあるのよ。そのせいであの方、ずいぶん悪く言われてきたじゃないの。クスリをあげない方が友情だったのかしら、なんてね」

ミネ子さんは、私に言うとも婦人客に言うともなく続けました。

「何を言っているのよ。堂々めぐりじゃないの」

と婦人客が呆れたように言いました。

「そう、考え出すと、今でも堂々めぐりなのよ。一体なぜ、あの方は自殺したかったんだろう。天下国家のためだったのか、意地を見せたかったのか、それともただの意気地なしだったのか……」

「ミネちゃんに甘えたかったのよ。あたしはそう思った。ただ自殺したいなら、あなたにクスリなんか頼まずに、一人で死ぬ方法はいくらでもあったんだから。別に割腹自殺なんて華々しいことをしなくてもね。自分でも、何のために死ぬのか、自分が死んだらどういうことになるのか、よく分かっていなかったんじゃないかしら」

「まあ、ずいぶん冷たいことを言うのね。あなたがそんな風に考えていたなんて知らなかった」

ミネ子さんは憤然と言い、二人とも私がいることを忘れたかのようでした。

婦人客の方は、ミネ子さんから眼をそらせて、窓の外を見ながらポツンと言いました。

「あなたと心中したかったのよ」

「馬鹿らしい。奥様もいらしたし、お妾さんもいらしたし。それにあたしには亭主もいたし。苦楽を共にした亭主だってこと、よくご存知でしたよ。それに何よりも、国の将来のことをお考えになったのよ」

「そんなことに関係なく逃げ出したかったけど、できるはずがないから、死ぬのに手を貸してくれって言ったのよ。もしかしたら一緒に死んでくれると思って。怖い、怖い。自己中心の甘えん坊なのよ、最後の最後には」

と婦人客は低い声で、吐き出すように言いました。

「ああ、驚いた。あんな立派な方をそんな風に考えていたなんて……」

「ミネちゃんって、本当に単純なんだから。人の心って、当人でも分かっていないことで動いていて、大それたことをやることがあるのよ。たとえばね、鐵治《テツジ》さんも、○○さんも（名前は忘れました）、なんであなたと一つ屋根の下であんなに夢中で研究していたのか、考えたことある？」

「あの二人はね、あの研究でしっかり結ばれていたのよ。あたしなんか、何にも分からなかったけど、あの二人の真剣さはよく分かっていた」

「まあそういう単純なところが、あなたのいいところだけどね」

ミネ子さんは言葉が出ずにいると、婦人客は私の方を横目で見て、クスクス笑いながら、

「いい加減にしましょう。新時代の警官になりたての、正義と希望に燃えた若者がいるのよ」

と言いました。

「あっ、そうね。昔々のお話よ。終戦だって昔のこと、あたしたちも年取ったもんだ」

と、ミネ子さんは少しぎこちなく笑いながら、私を見ました。

「ごめんなさいね。ちょうど、車の中でこうやって話していたら、あなたの姿が見えたので、つい聞いてもらいたくなってしまったんですよ。戦時中も終戦直後もいろんなことがありましたからねえ。ものすごい犯罪が平然とまかり通って、立派なことが犯罪として罰せられて、時には殺されて……あたしたちよく生きのびてきたねえ、とこの人と言っていたんですよ」

私はどう応えていいか分からず、黙ってしまいました。ミネ子さんはぼんやりと窓の方に視線を移して、誰に言うともなく、続けました。

「本当にいろんなことがあったわよ。死ぬかもしれないと思ったことも何度もあった……今になってみると、その時、その時のことがみんなぼんやり同じようにつながってしまって、どこから始まって、終わったのかもはっきりしないのね……遠山桜みたい……」

婦人客も急に静かな表情になって、同じように薄桃色に染まっている遠くの葉山の方の山並みを見つめていました。

その後は、「自殺幇助」のことは全く話題にならず、豊島屋の特注だという桜餅とお茶をいただきながら、二人が世間話を——今は全く内容は覚えていませんが——しているのを聞き､私は一時間足らずで芦川邸を後にしました。「自殺幇助」の話だけは、細部まで今でもはっきりと覚えています。

鎌倉山の大邸宅の奥様という認識しかなかった芦川ミネ子という女性について、私はこの日以来それまでにない好奇心を抱きはじめました。ある雑誌で芦川氏の成功談が目に留まったのも、そんな興味のせいだと思います。芦川氏は、それ以前は廃棄していた只《ただ》同様のビールの搾りかすからその保健薬を製造、その後いちはやく上海や天津の工場で安い労働力を使って量産し、大儲けしたそうです。もっともその保健薬を開発するには、芦川氏とその相棒は何年も血の滲むような研究をしたそうですが、その相棒というのがミネ子さんの離婚した元亭主だった。つまり、ミネ子さんの元亭主と現亭主が力を合わせてこの保健薬を開発したのです。これを読んだ時、あの婦人客が意味ありげに言っていたことを思い出しました。さらに売り出し当初は、ミネ子さん自身が芝大門脇の寺の庫裏《くり》を借りて、十三人の主婦や娘さんを雇って錠剤を瓶に手詰めする家内工業的なことをして苦労したそうです。

後年さらに、芦川夫妻のビジネスのうまさを本でも読みました。開発した保健薬が売り出された昭和三、四年頃は、大衆が購入する場合の一カ月の薬価は高いものは一人一日二十銭だったそうですが、「わかげん」はそれを一人当たり五銭という安価なものとしたこともあって、急激に売り上げを伸ばしたそうです。もっとも原料としてドイツから輸入したビールの搾りかすが「わかげん」

の定価の一割余だったので、そんなに安く売っても大儲けだったのです。昭和八年当時の大工の手間賃が一日二円だったという記録があるそうですが、その時代に「わかげん」の純収益だけで、芦川夫妻が個人として自由に使える月収は、十万からやがて二十万円以上になったそうです。

ミネ子さんはその頃から美術・工芸品の購入に興味を持ち、その莫大な収入を惜しげもなく使って、高価な絵画、工芸品、茶道具などを購入し始めたそうです。別に美術品鑑定の知識があるわけではないのに、その生来の鑑識眼はとても優れていて、美術商、骨董商も舌を巻いたとか。

戦後は、製薬業の海外の製造拠点を失い、事業を続けるために自己資産を投じたにもかかわらず、銀行から来た新経営陣に「わかげん」の経営から追放されました。私が読んだところによれば、芦川夫妻は社員のためにと、あまりに馬鹿正直に新経営陣の言うままに自己資産を提供し、経営権の主張もせずに追い払われたということでした。

芦川夫妻は残された唯一の住いである鎌倉山の別荘に引退し、所有する美術品の税金対策のために、一階を「芦川美術館」として蒐集品を展示したそうです。そういう美術・工芸品も、あいかわらず贅沢な生活を続けるために徐々に売り払い、私がお会いした頃には、収蔵品もかなり少なくなっていました。しかしながら、芦川美術館が売り払った美術・工芸品の多くは、今では日本の著名な美術館や博物館に所蔵されている名品となり、ミネ子さんが発見・購入した時の鑑識眼の確かさを証明しているのです。

さらにミネ子さんの「自殺幇助」と思われる事件のことも、知ることになりました。私の世代の者は太平洋戦争も終戦後の食糧難の貧しい生活も子供時代の実体験以外のことは知らず、学校でも直近の戦争のことも、ましてや「東京裁判」のことも教えられませんでした。歴史が定まっていなかったので、教科書に載せられず、先生もどう教えていいか分からなかったのでしょう。ですから私は社会人になって初めて終戦直後のさまざまの歴史的なことを、自分で読んだ本を通して知ったのです。そんな中でこの事件に気づきました。

〈昭和二十年十二月六日に連合国軍総司令部から、当時国務大臣であり、過去に総理大臣を三回務めた近衛文麿侯爵にA級戦犯としての逮捕令が出て、同月十六日午後十二時を期限に収容されることとなっていた。近衛は逮捕令が出た時に軽井沢の山荘にいたが、十一日夜に軽井沢を出て、東京の自宅へは戻らず、そのまま懇意にしていた桜新町の芦川家へ行き、そこに妾とともに十五日夕刻まで四日間滞在した。十五日夜に自宅に帰宅し、近親や側近と語らった後に寝所に入り、翌朝、つまり収容期限の朝、床の中で冷たくなっていた。枕元の盆には、常用していた「わかげん」と「エビオス」と並んで、「一寸位の褐色の小瓶」があった。小瓶は米軍が持ち去ったが、青酸カリが入っていたらしい〉

これがミネ子さんの「自殺幇助」と思われるものです。

三回目にミネ子さんに会ったのは昭和三十九(一九六四)年でした。東京オリンピックの年だったのでよく覚えているんです。オリンピックが終わった秋でしたが、芦川邸で窃盗があったという通報で、私は上司の刑事、鑑識などとともに山荘に行きました。その頃までには一階にあった芦川美術館の多くの美術品は売却されたり、詐欺まがいのやり方で借金の形《かた》に取られたりして、ただの倉庫のようになっていましたが、それでもまだ高価な美術品が残っていたようです。

その時奥から女中さんに手を引かれて出て来たミネ子さんを見て、私は息を呑みました。化粧のあとは全くなく、髪は後ろでまとめていて、ほとんど目が見えないようだったのです。住み込みの夫婦の話では、その朝、今では倉庫として閉鎖している美術館の錠前が壊されているのに気づいたとのことで、それが一体いつから壊されていたのかも気づかないままだったと心もとないことを言うのでした。

倉庫には、住み込みの夫婦もたまに掃除に入る程度で、ミネ子さんも目が悪くなってからは足を踏み入れたことはなく、正確には何が入っていたかも分からない状況でした。芦川氏は前日から東京に出かけていたので、戻られてからもっと詳しく訊こうということで、その日はとにかく、倉庫の入り口の扉や周囲の窓枠などの指紋を取ったり、写真撮影したり、通り一遍のことをして引き揚げることになりました。鑑識や他の者が後片付けをしている間、私は玄関近くの椅子にぼんやりと座って宙を見ているミネ子さんを眼の前にして、急に言葉が出てきてしまいました。

「あの、奥さん、自分は鎌倉署に赴任したての若い頃、駐在所の巡査と一緒にこちらに立ち寄ったことがあります。それからその一年後ぐらいの非番の時に、尾根のバス道路で呼び止められて、お宅で桜見物をさせていただきました」

話しながら、あまりに自然にそつない言葉が出てくるのが我ながら驚きでした。あの頃、緊張してまともな応答もできなかったことを思うと、自分もずいぶん世慣れたものだ、と奇妙な感慨を覚えました。ミネ子さんは、座ったままスッと身を起こして、目を見開き、急にいきいきとした顔つきになりました。

「ああ、覚えていますよ。あの時の巡査さんね。ええ、ええ、よく覚えています。近衛さんのことで伺った方ですよね」

と私の方を向いて、にこやかに、しっかりとした口調で応えました。そうだ、やはりあれは近衛文麿侯爵のことだったのだ、近衛さんに青酸カリを渡したのはやはりミネ子さんだったのだ、と今さらながらその事実を確認して息が詰まるような思いでした。ただ、もうそれ以上のことは聞きたくないような気持ちになって、さえぎるように言いました。

「そうでしたね。あの時は、お宅の応接間から遠山桜を見せていただきました。ご自慢だったようで」

するとミネ子さんは、本当にうれしそうな笑顔になって、

「そう、この家は遠山桜が自慢なのよ……目が悪くなって、もう見られないけど……春になると山全体が薄桃色になって……」

「目がご不自由になって、残念ですね……」

私は後が続かずに黙ってしまいました。するとミネ子さんは、

「昔とは変わりました。確かに昔のことを考えたら、いろいろなことで不自由していますよ。でもね、目が悪くなったお陰で、耳に聞こえるものの有り難さも実感しています。この家にいると、鳥の声、水の音、風の音、雨の音、江ノ電の踏切の音、時によると極楽寺の方から豆腐屋のラッパまで聞こえて……楽しいわよ。もう出かけられないから、これで丁度いいのよ」

と、まるで私を慰めるように言って、それからほとんどクスクス笑いをするように続けました。

「この家には、宝物があるの。わたしにはこれがあるから、大丈夫。この家

で死ぬまで楽しい音を聞いて暮らせるから大丈夫なのよ」

「宝物？」

「そう、倉庫の美術品なんか問題じゃない」

「何なんです。ちゃんと保管してあるんでしょうね。金庫ですか」

「フフフッ、金庫ですって？　主人もわたしもそんなもの当てにしない。以前は銀塊を二十箱、桜新町の庭に埋めておいたけど、進駐軍だって見つけられなかった。結局借金の形《かた》に使いましたけどね。でもこれは純金よ、泥棒なんか絶対に見つけられない所にある」

「ええっ」

「教えてあげましょうか。誰にも見えない水の中」

「一体何のことなんです」

「ひみつ！　でも、これがあるからわたしはいいのよ」

ミネ子さんは今度は真剣な顔つきで言いました。

待ちくたびれた先輩の刑事が迎えに来たので、私は半信半疑のままミネ子さんに頭を下げて、退出しました。

窃盗の件は、芦川氏も何が盗まれたのかはっきり分からず、出て来た指紋からも何も出ず、そのまま捜査は立ち消えになりました。そして、その二年余り後に、私はミネ子さんが亡くなったことを知りました。後年、亡くなった時のことを本で読みましたが、昔から仲の良かった東京の料亭の女将が見舞いに来た時に、久しぶりに二人でビールを飲もうということになって、ミネ子さんは最初の一杯を飲んで、「ああうまい」と言って、そのまま崩れて息を引き取ったということでした。

実はミネ子さんの死の状況はそれほど単純ではなかったのです。医者が呼ばれて駆けつけた時に、その場にいた友人である東京の料亭の女将が半狂乱で、ミネ子さんは何か青酸カリのようなものを自分のビールに入れてあおったのだと、言い続けたのだそうです。医者はそのような変死の兆候は全く見つけられず、日頃から治療を受けていた糖尿病の悪化による心不全と言ったそうです。しかしその女将の強い主張で、医者は鎌倉警察署に連絡して、調査が行われたそうですが、服毒自殺の兆候は何もなく、グラスに残っていたビールや周囲の物にも不審な点はなく、医者と同様に病死と結論づけたのです。同僚からその一部始終を聞いた時、その料亭の女将というのは、あの日一緒に遠山桜を見た婦人客だったに違いないと思いました。二十二年後に後追《あと》い自殺をしたとでも信じていたのでしょうか。

夫の芦川鐵治氏は、しばらくして居抜きで山荘・庭園を含めた全敷地を売り払い、それが料亭源氏園になったわけですが、ミネ子さんの死のちょうど十年後に、東京の下町の小さな家で独りで亡くなったそうです。

その後私は横浜市の警察署勤務で定年を迎え、警備会社に再就職し、そこも退職して、もう仕事はせずに一人で年金暮らしを始めた時でした。たまたま源氏園で管理人を探していることを鎌倉署の後輩から聞きました。管理人とは言っても、仕事はハクビシンとかタヌキが室内を荒らさないように、ヤンキー連中なんかが入り込まないように、見回りをするというだけのことでした。給与はわずかでしたが、私はその時、何か運命のようなものを感じました。人生の幕引きが始まったような気持ちの時に、自分の最初の職務に敬意を払ってもらった場所をその舞台に選ぶのも悪くないなと。年金暮らしに予期していた単調な生活が、これで何だか思いがけなく楽しいものになるような、うきうきした気分になったのです。

思えば私は、警官になった当初から芦川家、特に芦川ミネ子さんのことに関心をもってきました。数年に一度ぐらいの頻度で芦川家に関して何か起こったり、耳にしたりするたび、職務上の調査とは全く関係なくそのことについて少し詳しく調べたりしただけのことでしたが、細々とはいえそんなに長い間関心を持ち続けてきたことを今更ながらに思い返しました。そんな中で、印象に残っているものがありました。それは、一九八〇年代の初めに観た『ブレードランナー』というアメリカ映画の一場面です。

映画は最初から最後まで、いつも夜のような、雨が降っているような、暗い、陰気な未来の大都会の情景でした。遠い未来の「二〇一九年十一月・ロサンゼルス」で起こっていることになっていましたが、もうすぐにその二〇一九年が来ているのですから、時の経つのは早いものです。冒頭近くで、真っ暗なビルの屋上で光を放つ巨大なネオンサインが出てきて、「強力 わかげん」という日本語の文字と、その横にこれまた巨大な、日本人っぽい女の顔が輝いていました。白い顔に、見る者に媚びるように見つめる目、そして深紅の唇は何だか柔らかい白い餅のようなものをまるで愛撫するように旨そうに食べています。アメリカ映画なのに、「強力 わかげん」が何の翻訳も説明もなく出ているのが痛快で、まるでその餅のようなものは「強力 わかげん」という名の媚薬のように見えます。「わかげん」はもともとは虚弱児の栄養補給や大人の保健薬として売られていた錠剤なのに、ずいぶん違う印象を与えるものになっているのです。

リドリー・スコットという監督は、新宿の歌舞伎町を訪れた時の印象からこの映画の未来都市ロサンゼルスのインスピレーションを得た、ということを後で知りました。この映画が設定されている未来の時も、監督が実際に歌舞伎町を見た時も、芦川ミネ子さんはとっくに亡くなっていて、いや、たとえ生きていたとしても、このネオンの女とミネ子さんを結び付けるものは何もありません。現に、私が記憶しているミネ子さんは、目が見えなくなっていたあの時ですらも、このネオンの女よりもずっと品のある優しい顔つきでした。でもこの後は、ミネ子さんのことを考えると必ずこのネオンの女の顔を一緒に思い出すようになりました。

源氏園の見回りを始めた日、広い芝生の庭の片隅に、昔初めて来た時に見た釣瓶井戸がまだあり、縄もしっかりしていることに気づきました。ちょっと覗き込んでみると、深い水面が黒々と見え、釣瓶を投げ込んで引き上げると、ちゃんと水が汲めました。桶に口をつけて飲んでみると、湧水のなんとも言えない旨さが喉にしみました。それからは見回りに行くたびに、最後に井戸で水を飲んだり、顔を洗ったりして仕事の締めくくりとし、楽しみの一つになりました。

ある雨降りの夜のことでした。床についてから、夢なのかぼんやり空想していたのか分かりませんが、自分は井戸を覗き込んでいると思いました。深く黒い水面に白く輝くものが見え、見つめているうちにそれは次第に大きくなり、女の顔であることが分かってきました。その顔は私の眼を見つめながら、深紅の唇を開けて、白く柔らかそうな餅のようなものを口に入れ、ゆっくりと食べ始めたのです。途中でわずかに口を開いて、舌の上でその餅を転がし、その心地よさを伝えようとするかのように、笑いかけてきます。やがて餅を呑み込むように、白い喉がごくりと動きました。すると、まるで自分自身をも呑み込んでいくように、女の顔はそのまま暗い水の中に沈んでいきました。白く輝く顔が水の中に完全に消えた時、私は突然、あの水の底に「金」がある、と確信しました。

ミネ子さんが急死した時の状況や、夫の芦川氏が東京で比較的貧しい暮らしの末、過去の記憶も失ったような状態で亡くなったことを本で読んでいましたので、最後に会った時にミネ子さんが言っていた「金」の話が本当なら、いまだに元の場所にあるはずだとは思っていました。とはいえ、あまりに途方もない話で、ミネ子さんがふざけるように言った言葉をそれほど真面目に信じていたわけでもなかったのですが、この時はっきりと、「誰にも見えない水の中」の意味が分かったのです。

まず考えたのは、金属探知機でした。地上を撫でるのではなく、水中や海水中に深く降ろして、底の地中深くに埋蔵されている金属を探知する機械があることは知っていました。調べてみると、思ったよりも安価で購入できる、いわば素人用、つまり業務用でない機械があることも分かりました。早速購入して、ドキドキしながら、それを井桁から水中深く垂らしてみました。思ったよりもずっと深い井戸であることが分かったのですが、確かに底に達したと思われても、金属を探知することはできませんでした。説明書を何度も読み返して繰り返したのですが、何の成果もなかったのです。

今思い返してみると、あの時、確かに非常に落胆したのですが、同時に奇妙に納得した気持ちもありました。なぜだったのか、それも今でははっきりと分かるのです。私はミネ子さんの「ひみつ」がそんなに容易く暴露されるものであってはならないとも思っていたのです。ミネ子さんが余生の幸せを託したものが、こんな安っぽい機械でやすやすと発見されてたまるか、いつの日か自分の、この目と手で見つけてやる、という奇妙なプライドが湧いていたのです。冷静に考えると、この「ひみつ」を知っているのは、今ではどうしてもこの世に私一人しかいないはずなので、このことを思うと、時々歓喜で気が狂いそうになることもありました。見回りの最後に暗い井戸を覗き込みながら、ケケケケケッと大声で笑ってしまうことがあり、それがまるで妖怪の笑い声のように井戸の空洞に反響するのを楽しんで、何度もケケケケケッと笑い続けたこともありました。

そんなままで、一年近くが過ぎました。そして山火事が起こったのです。

四

山火事があってからもう一年ほどになりますが、あの時、わたしは幸か不幸か留守にしており、懇意にしている大山の麓のカラスたちのねぐらにしばらく逗留していました。秦野や伊勢原の住民たちのゴミ出しや種まきにまつわる攻防戦の愉快な話を皆から聞かされ、大山名物の豆腐や厚揚げを腹一杯食べられるさまざまな餌場に連日案内してもらうという歓待ぶり。春の繁殖期が近づいてきたので、妻もつがいの再開を待っているだろうと考え、源氏園の森へ帰ってきた時には、火事の直後に降ったという大雪もすっかり融けていました。大山の森に比べると、鎌倉山はやはり随分と暖かく、鳥がさえずりを競い合っていました。

六郎やねぐらのカラスたちが、山火事やその後の井戸事件のことを興奮して話してくれましたが、それ以外の留守中のことで、ちらりと聞いて気になったことがありました。例の、森の中に立っている長屋門の縁の下の穴に一人で住んでいたタヌキが所帯を持ったらしいのです。

あの気が弱そうな雄ダヌキがどんな様子か見てやろうと思って、早朝、門の脇の公孫樹《いちょう》の木から大声で呼ぶと、すぐに縁の下から顔を出し、嬉しそうに目をパチパチッとさせました。地上に降りると、彼は自分の巣を見せたそうに脇に寄るので、縁の下の太い柱に囲まれた地面に掘った穴を覗いてみました。中では顔も腹も丸々とした若い雌ダヌキがじっとこちらを見ていました。なるほど見せたいわけだと納得して、さらに巣もよく見てみると、彼が時間をかけて快適な巣作りをしたことが分かりました。単に枯葉や枯草だけではなく、人間のものも使っているのです。出しっぱなしを失敬してきたらしい雑巾みたいなもので周りの壁を囲み、そこに枯草や苔を厚く張り付けるようにして柔らかい感触にし、床には枯葉が敷きつめてありました。奥さんは枯葉の上で、何だか丸い布製のものに前足と胸をつけて寝そべっています。よく見ると、多少汚れてはいるものの、なんと源氏園の見回りの元刑事のハンチングだと分かりました。どうやってあれを手に入れたのかと呆れましたが、タヌキの目についたのですから、きっと地面に落ちていたのでしょう。拾ってしまえばこちらの物ですが、元刑事は新しいハンチングを買ったかな、などと思いました。もっとも、山火事の後に大山から帰ってから、元刑事には会っていませんでしたし、その後一年ほど経った今でも会っていません。

普通では全く目につかない、暗い縁の下にあるタヌキの豪勢な丸い巣を見て、ふっと思い出したことがありました。源氏園の茶室の外にある水琴窟です。実際に見たことはないのですが、ご先祖から伝わっている話で一応その造りを聞いていましたので、きっと水琴窟はこのタヌキの巣のように、周囲も天井も丸くなって地面に埋まっているのだろうと思いました。もちろん、水琴窟の方は大きな広口の甕を逆さに置いたのですから、天井はもっとずっと高いはずです。ただ、どちらも誰にも見えない所にある豪華な丸い空間という連想なのかもしれません。

ご先祖、たぶん曽祖母からの伝えによると、この源氏園の水琴窟は、四つあるすべての茶室で聞こえるように、普通の水琴窟よりも大きな音が出る工夫をしてあるとお話ししましたが、どうしたかというと、外側の陶の甕の内側に、空間をつけて、少し小さい金属製の甕を入れて、落ちた水滴の音が二重の空間に反響、増幅するようにしてあるのだそうです。入れ子を使った二重の甕にする手法は他所《よそ》にもたまにあるそうですが、たいてい、大小の土製か陶製の同質の甕を重ねただけです。ところがこの源氏園の水琴窟は、内側の甕を金属製にしたために、最初の反響は澄んだ高い音で、それが外側の陶製の甕との空間にやや重い音で反響し、音は二つの空間で増幅を続け、微妙な音色を作り続けるのです。さらに大事なことは、金属製の入れ子は、錆びないように、なんと純金を使って作ったのだそうです。源氏園の前の所有者、つまり戦前にこの山荘や庭園を造らせた大金持ちは、なんでも戦前から大量の金塊を持っていて、それを惜しげもなく使って、この水琴窟にちょうど合う大きな金の甕を、出入りの京都の庭師を通して造らせて、それを庭師が陶の甕にはめて出来上がったものなのです。

ご先祖は木の上から、庭師の仕事を毎日見ていて、その金の甕がむき出しの時も見たそうです。まるで日の出の太陽のように大きく輝いていた、と伝えられています。水琴窟が完成して主人夫妻に初めて聞かせた時に、女主人は実に満足そうに言ったそうです。

「これをわたしは一生聞いていられるのねえ。幸せだわ」

ご主人もとても嬉しそうに、

「これは、ミネ子だけの宝物だ。戦争があったって、何があったって、誰にも持って行かれないさ」

とニコニコして言ったそうです。

庭師もとても満足そうに、

「私も一世一代の仕事をさせてもらって、もう思い残すことはありません」

と言って、それから、

「私もこの歳で、連れ合いも亡くなり、話す相手もいなくなりましたから、ちょうどいいです」

と静かに続けたそうです。庭師は京都へ帰って行きましたが、ご先祖はその後一度もその庭師を見たことがなかったと言います。

この山荘を買い取って源氏園を始めた人も、水琴窟のあることは知っていたでしょうが、それが純金の入れ子を持ったものだとは知らなかったはずです。だいたい、水琴窟の手入れを全くしていなかったようで、排水管は詰まったままの時の方が多かったのです。造った庭師はもちろん、山荘の主人夫婦もとっくに亡くなって、東京で医者をやっている今の所有者なんか、水琴窟があることすら知らないのではないかと思います。たまに大雨なんかの激流で排水管に詰まった泥が一気に洗い流されて、昔のままの音色が辺りに響き渡るのを楽しむのは、この森に住むわたしらカラス族やここいらをなわばりにしているタヌキやハクビシンや近所の猫だけですね。

五

「こっち、こっち、ちょっと待っててね。通用門は鍵が掛かっているけど、大きい門は閂《かんぬき》だけなのよ」

テルミは言って、通用門の脇のフェンスの網目が曲がってちょっと大きくなっている所にスニーカーの先を突っ込んだ。そこを最初の足場にしてから、ぐいっぐいっと体を上げてフェンスをよじ登り、てっぺんからフェンスの反対側を降り、最後に地面に飛び降りた。門の周り以外は樹々と小竹がびっしりフェンスまで迫っていて、下に降りられないのだろう。それから、テルミは「ううーん」と大げさな声を上げて、瓦葺きの立派な、でもかなり古ぼけた正門の閂を開けた。

「防犯カメラもなし。セキュリティーなんて考え、全然ないな」

とトトが薄笑いして言った。トトは俊夫のこと。家は辻堂だけど、地元のあたしたちとつるんで遊ぶ。俊夫なんて陰気な名前はいやだ、と自分で決めて、みんなに「トト」と呼ばせている。あたしは俊夫って名前、全然陰気だと思わないけどね。うちのお父さん、俊夫の行っている大学を出たんだけど、「正道《まさみち》」っていう名前なのよ。これよりずっとマシよね。あたしの名前はお母さんがセンスよかったので「由香」ってつけてくれた。平凡だけど気に入ってる。開いた大きな門から、トトとピート（本当の名前は、ヘヘッ、誠一郎！）のバイク二台を入れ、門の内側に停めて、また門を閉めて閂をかけた。外から誰も分かりゃしない。

テルミは、トトのバイクに入れてあった大きな懐中電灯をつけて、どんどん歩いていく。トトは缶ビールやたこ焼きの袋を下げて続く。テルミ以外は初めてなので、あたしたちはきょろきょろしながら後について行った。ピートは同じように大きな懐中電灯で照らしながら、もう一つの大きな食べ物の袋を下げて最後についていた。花火大会の日は鎌倉のコンビニはすぐに売り切れて、道路が混んでて補給もしないから他所で買ってこいとテルミに言われて、トトは素直に藤沢の実家近くの店を回って、こまごまと買ってきたのだ。

急になんだか暗い狭い所に入ったような気がした。

「あれっ、これ、切通《きりどおし》？」

とトトが言った。

「そうよ。上を見な」

テルミに言われて見上げると、真上だけ夜空の明るさの帯があった。その中ほどには橋が架かっていた。

「すごいじゃん。庭に切通だよ」

ピートがはしゃいだ声をたてると、テルミはまた言った。

「こんなことで驚いちゃダメだよ。ほら、見てみな」

切通を出た所で、急に目の前にガーッと芝生が広がっていた。夜空からの光が芝生と、その先の下方に続く森を広々と照らし、二本の懐中電灯の光がいやにお粗末に見えた。そのさらに先に海が黒々と、どこから空になるのか分からない所まで広がっていたが、海との境に国道沿いの海水浴客の休憩所や屋台なんかの光もチラチラ見えた。

「うわー、海岸も見えるんだ」

あたしが思わず言うと、

「うん、ほんのちょっとね。去年の冬の終わりに山火事があって、下の方の竹やぶが全部燃えちゃったから、見通しがよくなったのよ。以前、こんなじゃなかった時でも、海岸は見えなくても、花火はバッチリ見えたし、水中花火も見えた」

とテルミは自慢そうに言った……自分の家みたいに。テルミのおばあさんがこの、源氏園という名前の、以前から閉店している料亭から道路を隔てた、近くの家に住んでいるので、小さい頃から遊びに来ると、よくこの庭に忍び込んでいたそうだ。しばらく前に、花火大会の日に由比ガ浜で場所取りしようなんて話していたら、あんなに混んだ所はいやだ、もっとずっといい場所を知っているると言って、今夜初めてここに連れてこられた。今は空き家だけど、今度鎌倉市のものになって管理や警備が厳しくなるらしい、行くなら今年の花火大会が最後だとテルミが言ったのだ。トトのバイクにテルミが乗って、あたしはピートの後ろに乗って来た。

「波の音がすごくよく聞こえるね。ごうごういってるじゃん。こんなに離れているのに」

とあたしが言うと、

「今夜はちょっと特別よ。いつもはこんなじゃない。やっぱ、台風が通過したばかりだから、波がまだ高いんだと思う」

とテルミが海の方を向いたままで言った。

「でも、昨日はあんな暴風雨だったのに、今は星空だ。危機一髪だったな。一日遅れたら、中止になったよね」

とピートが言うと、テルミはそれに応えず、

「ほら、花火船、随分揺れてるよ」

と言った。確かに入江のちょうど真ん中あたりに見える二艘の船の灯が揺れているのが分かる。トトが言った。

「おれ、覚えてるぜ。台風の翌日に花火大会やって、途中から花火が全然上がらなくなったんだ。みんな、今度はすごいのを打ち上げる準備をしているんだと思ってたら、高波で花火船が転覆したので、これで中止です、ってアナウンスなんだよ」

「へっ、だっせえ。へぼい船で命がけかよ」

とピートが笑った。あたしは、一年かけて作ったたくさんの大きな花火玉と共に海に投げ出されて、何千もの見物客の前でアップアップしていた花火師たちを想像して、泣きたいような気分になってしまった。テルミも笑わなかった。

「あのね、あそこの端っこから簡単にベランダに上がれるのよ。こっちから見るとベランダは二階だけど、斜面に建っているから、ベランダの付け根の所はすぐに地面なのよ。ベランダから見ようよ」

あたしたちはテルミの言葉に従って、「すぐに地面」とはさすがに言えない高さの柱をよじ登って、ベランダに上がった。ものすごく広いベランダだったー駆けっこができそう。

ベランダの床にレジャーシートを広げて、ビールやウーロン茶、大阪寿司、納豆巻き、たこ焼き、鶏の唐揚げ、燻製チーズ（あたしの好物、ピートはちゃんと覚えていた）、それから何だかこまごまと、みんなから集めたお金でピートの趣向の赴くままに買ったという感じの甘いものや辛いものが並んだ。グミがあるのには笑っちゃったーいい歳してさ。

「まずは、乾杯？」

とテルミが缶ビールを取って開けると、トトは、

「俺はやめとく。バイクがあるから」

と言った。続けて、

「いいよ、みんな飲めよ。ピートも飲めよ。どうせ、朝までここで寝さしてもらうから、構わないだろ」

と、全然ロジックはないが、とにかく自分は飲まないと決めているようだった。たかがビールなのに、こういうところ、トトは変に頑固になることがある。言い出したら、絶対に飲まないことはみんな知っている。

あたしたちがビールを開けてグイグイ飲んで、たこ焼きなんかをつまみ、トトがお茶で納豆巻きを食べ出して、ちょっと落ち着いたら、ごうごうという波の音に混じって、由比ガ浜や材木座の方角からスピーカーやバイクの音やただものすごくたくさんいる見物人のモワーンという気配が聞こえてくるのに気がついた。

「浜じゃあ、すごい人出だろうね」

というと、

「もちろんよ。座ってなんかいられないよ」

とテルミが満足そうに、仰向けになって手足をグーンと伸ばした。あたしたちもつられて座ったままで手足を伸ばしてしまった。

やがて花火が始まると、本当によく見えた。打ち上げ花火の大きな輝く輪が、海と葉山の方の山並みを覆うように幾重にも重なり、そこから無数の光の雫が後から後から続いた。土星みたいな環のある大きなのがぬう〜っと出てきたかと思うと、小さな色とりどりのパラソルがいくつも、いくつも降りてきたり、その変化に息もつけない感じだ。あたしはこういう開けた、高い場所から花火を見たのは初めてだったので、ただ、

「ああー、ああー、ああー」

と馬鹿みたいに言い続けていた。みんなも同じような感じだった。時々、テルミやトトが、

「おっ、これ凝ってるね」とか「この色、新作だよ、きっと」とか言っていたが、誰もそれに応える間もないうちに、次の花火が上がった。水中花火が大きな光の噴水を海中から空に向かって吹き上げて、吹き上げて、吹き上げて……、あー、ああー、ああー、それからフィナーレの連発がドカーン、ドカーン、ドカーン……ああー、ああー、ああー……、そして終わり。

みんなはまだ海の方に向いたままで、何と言うこともなく、満足を噛みしめ

ている感じだった。

「煙がすごいね」

とトトが言った。今まで気がつかなかったけど、確かに花火のものすごい煙が渦を巻いて、頭上の空も煙で見えなくなっていた。

「案外、風が強いんだ。台風の余波の風だよ。まだ、海も空も台風なんだよ」

テルミが訳の分からないことを言って、一人でうなずいていた。

ベランダで涼しい風に吹かれて寝るつもりだったけど、急に空気がいやに冷たくなったと思ったら、ポツポツと雨が降ってきた。ベランダには屋根があったけど、吹きつける水滴が冷たかった。

「いやだ、夕立じゃん」

と言うと、ピートが、

「真夜中でも、夕立」

と重々しい声でうなずいた。

テルミがすぐに立ち上がって、ベランダに面してずっとある、床までの大きなガラス戸の一番奥の端の前に屈みこんで、なんかゴソゴソやりだした。

「うん、まだ開けられる」

と言って、ガラス戸の枠の下にある釘みたいなものを引っぱり出してそのガラス戸をぐうっと引くと、その戸には鍵がなくて、開いてしまった。あたしたちはあっけにとられていたが、テルミは、

「ベランダから開けられるようにしてあるんだよ」

と平然と言った。よくやっているという感じだった。

「不用心だねえ」

あたしが思わず言うと、

「別に不用心ってほどじゃないよ。誰も知らないもん(テルミが知ってるじゃん!)。構わないよ、中で食べよう」

あたしたちは重々しいカーテンを押し開けて、ぞろぞろと室内に入った。懐中電灯で照らして見ると、大きな応接セットがあって、床には模様のある厚い絨毯が敷いてあった。

「呑気な家《うち》だねえ」

とまた思わず言うと、テルミはクスクス笑っていた。

懐中電灯はつけたままで、絨毯の上にまたレジャーシートを広げて、食べかけでやめていた食料を並べた。どんどん食べて、いつものようにくだらない噂話やバイト先の客の呆れた話なんかをしては笑い合って、楽しかった。

テルミが終電近くに極楽寺駅のホームで待っていた時、頭や肩に落ち葉だらけのおじさんが入ってきたそうだ。極楽寺の切通でタヌキに落ち葉の山を落とされたということだった。あの切通に住むタヌキは昔から、月の明るい晩に下を通る人に、「オハヨー」と声をかけることがあるという話を知っている。「オハヨー」と挨拶を返してやらないと怒って、家族みんなで小石とか落ち葉をバラバラと落としてくるそうだ。あたしは、切通の上に溜まった落ち葉が風で落ちてくることがあるので、昔の人はそんな話を考えたんだろうと思っていた。そのおじさんはテルミに、ちゃんと挨拶しなかったからもっともだ、獣だって無視しちゃいかん、と言ったそうだ。

トトが最近バイトを始めたカフェの店長の怪談は傑作だった。

店長が若い頃、友人仲間の一人が最初に車の運転免許を取った時のことだそうだ。仲間が大喜びで集まって、彼に運転させてドライブに行くことになった。どこに行くかで、みんながまずやりたかったことは、夜遅く小坪《こつぼ》トンネルを通ることだった。なんか無邪気な話だけど、店長さんが高校生だったんだから、三十年ぐらい前のことだ。その頃のヤンキーなんて、そんなところだったんだろう。あたしも知ってるけど、国道の方ではない、昔からある小坪トンネルは幽霊が出るので有名なスポットなのだ。鎌倉の材木座と逗子の小坪との境にあるこのトンネルは、途中でぐうっとカーブしていて、中ほどでは自分が入ってきた口も、これから出て行く先の口も全く見えない箇所がある。初めての人だともちろんだと思うけど、あたしなんか、よく知っているのに、後ろも前もただトンネルの壁だけで天井も低い所に来ると、立ち止まってぞっとしたことがある。誰にも見えない土の中に置き去りにされているような気がした。大急ぎで出て、なんでこれ、切通にしなかったのよ、と思ったのを覚えている。

この小坪トンネルの幽霊というのは、夜遅く車で通ると、鎌倉側の入り口の脇に白髪のおばあさんが立っている。手を振るので止まると、

「小坪へ行きたいのだけど、乗せてくれませんか」

と言うので、いいよ、と答えると後部座席に乗ってくる。トンネルを出た所で、

「ご親切に、ありがとうございました」

と言う。降ろしてやろうと車を止めて、バックミラーで後ろを見ると、後部座席には誰もいない、というものだ。別に何の悪さをするわけでもないけど、運転者はぞっとする。

店長の仲間は夜遅くみんなで車に乗って、鎌倉側からその小坪トンネルに入ろうとしたが、誰もいない。小坪へ出て、そのまま外側の広い道路を大回りして鎌倉側へ戻り、またトンネルの入り口に来て期待したが、おばあさんはいない。それでも、何度も、馬鹿みたいに同じことをしたが、成果はなし。みんな、やっぱり幽霊はそんなに簡単に出てこないんだということで気が済んで、その夜は他のことをして遊んだ。ところが翌朝、運転をした友人が電話してきた。

「今、警察から電話があったんだ……。『昨日の夜、白髪のおばあさんを屋根につかまらせた車が、何度も何度も材木座と小坪を回っていたという報告が、近隣から来ています。車のナンバーはおたくのもののようなんですが、そういう危険なことをしていたんですか』って言うんだよう……。ほら、材木座の入

り口で最初に速度を緩めた時、俺たち五人で車いっぱいに座っていたじゃねえか。ばあさん、中に入れなくて、屋根に乗ったんだよ。小坪へ出ても止まってやらなかったかったから、ずうっと屋根に乗りっぱなしでぐるぐる回ってたんだよう……」という話。

「元気なばあさんだなあ！　犯人追跡中の刑事じゃねえかよ！」

ピートが叫んだ。みんな大笑いした。

「幽霊って女が多いよな。恨めしく思うことが多いのか」

とトトが言った。みんながうん、うんとうなずいた。

「そう言えば、テルミのおばあさんっていくつ？」

とあたしが訊くと、テルミはちょっと上を向いて、

「八十過ぎだよ。まだ幽霊になっていないけど。終戦の翌年に、小学生になったって言ってた」

と答えて、それから一人で笑顔になって続けた。

「傑作な話があるのよ。おばあちゃんが子供の頃ね、お母さん、つまりあた

しのひいおばあさん、と歩いていたら、進駐軍のジープが急に脇に止まってMPだかGIだか知らないけど、車から手を出して、おばあちゃんに大きな缶詰をくれたんだって。すごい食糧難の時だったから、お母さんはびっくりして、大喜びで「サンキュー」って言って、おばあちゃんにも「サンキューって言いな」って言うんで、大声で「サンキュー」って言ったんだって。うちへ帰って缶詰を開けてみたら、りんごの擦ったのだったのよ。缶詰にはラベルが貼ってなかったのね。お母さんは肉か魚の缶詰だと期待していたのに、りんごの擦ったのなんか子供のおやつじゃないかって、がっかりして、おばあちゃんに食べていいよと言ってくれたんだって。おばあちゃん食べてみたら、本当においしくって、生まれてからあんなにおいしい物を食べたことなかったって。それからね、普通りんごって擦るとすぐに茶色くなっちゃうのに、その缶詰のはいつまで経っても全然茶色くならなくて、お母さんと不思議だねえ、アメリカのはすごいねえ、って言ったんだってよ」

とテルミはクスクス笑い出した。あたしたちも笑ってしまった。

「アップルソースってやつよね。おばあちゃんたら、自分が可愛い子だったから、兵隊さんが子供の好きそうなものをくれたんだって信じているのよ」

「きっと、そうだよ」

とトトが笑いながら言った。

「いまだに、おばあちゃんはアップルソースが大好きなのよ。あたしが死ぬ時は、末期の水なんてくれないで、アップルソースをごぼりと入れてくれ、って言うのよ」

「うわっ、グロテスク！」

あたしが思わず言うと、

「怪談、りんごの擦りおろしをくれ〜」

と、ピートがあたしの方を見てニヤリとした。

「でもさあ、進駐軍にサンキュー、サンキュー言って、死ぬまでもらったものの味を忘れずに感謝してるなんて、どういうことなんだろうね。意地汚い話」

とテルミがそれまでと違う語調で言った。すると、トトが急に真面目な顔で、

「食べ物の恨みは怖いって言うけど、食べ物の有り難みは忘れられないんだな」

と呟いた。

あたしはテレビで「東京大空襲」のことを見たのを思い出していた。M69焼夷弾というのが空からどんどん降ってきて、下は水中花火みたいに燃え上がる火の海、みんなのああー、ああーと逃げ惑う悲痛な声が聞こえるような（全然音はなかったんだけど）、当時のニュース映像だった。映像はなかったけど、地下壕の外には丸焦げの死体が重なり合っていた、と誰かが話していた。他の番組で、終戦直後の一面に白く写っている焼け野原、それから駅や道路で物乞いしてる、汚らしい痩せこけた浮浪児たちを見た時は、息が詰まりそうになった。一度だけだけど、「東京裁判」の特集も見たことがある。あの戦犯たち、恨まれて、恨んで、死刑になって、自決した人も多くいて、今でも悪い人だったのか善い人だったのか分からず、ただとても暗い気持ちになった。

だから、テルミのおばあさんの終戦直後って、そんな呑気なものだったのかしらと、不思議な気がした。八十過ぎにもなると、小さい頃の辛いことは忘れちゃうのだろうか。記憶ってそんなものなのだろうか。それとも辛かった記憶は自分の中だけにしまって誰にも伝えず、嬉しかったことしか口にしないのだろうか。おばあさんと同い年ぐらいだった浮浪児たちも、辛いことは忘れただろうか、忘れなくても、言わないだろうか、過去はそこで消滅するのだろうか……もっとも飢え死にしないで生き延びていたらの話だけど。飢え死になんてことが、テルミのおばあさんの時にはあったんだ、という思いが込み上げてきて、食べ残した、目の前のお寿司やチーズが何かひどく怖い物のような気がした。

そのうち、ビールの酔いもあって、みんな眠くなってきた。せっかくあるんだからと、あたしとテルミはソファーで寝て、トトとピートは絨毯の上で寝ることにした。懐中電灯は消して、カーテンは開けっぱなしで、そのまま、雨の音を聞きながら、すぐに眠ってしまったと思う。

どのくらい時間が経ったか分からなかったけど、急に目が覚めた。何かを聞いたのだ。ガラス戸からの薄明かりの中で、息を殺して聞くと、確かにカローン、カローンという音がはっきり聞こえた。

「何、これ」

と、寝たまま、天井に向かって小さな声で言ってしまった。

「うん、何だろう」

トトの声が斜め上から聞こえ、彼がすでに窓際に立って外を見ているのが分かった。音はだんだん大きくなり、違う音も混ざってくるような気がした。絶対にこの家の中から聞こえると思った。あたしは悲鳴でも出てきそうな、それでいて胸がドキドキして口を開けるのがやっとで、押し殺したような声で言った。

「テルミ、テルミ、これ何だろう」

テルミはむっくり起き上がって、一瞬じっと聞いて、それから言った。

「電波塔の音だよ」

「えっ、電波塔って？」

「すぐ外に、大きな電波塔があるんだ。昔はあそこもここの敷地に入っていたんだけどね。三浦半島と湘南じゃ一番高い電波塔なんだって」

「それがこんな音を立てるの？」

「あのね、横須賀基地からの電波や江の島灯台からの電波を中継しているんだ。江の島灯台って、光を出しているだけじゃないのよ。あのてっぺんから電波を出していて、航空機の標識にもなっているんだって」

「そんな話、聞いたことないぞ」

とトトが憤然と言った。

「あんたが聞いたことなくたって、本当のことよ。うちのおばあちゃんが言ってたんだから。お嫁に来た頃は、しょっちゅう聞こえたって。今は台風の後なんかに聞くってよ。昔は米軍の電波の中継だったのかな、今は横須賀の海上自衛隊のためで、時々ああいう音が出るんだって。江の島灯台は民間の江ノ電のものだけど、そのてっぺんにある柱は電波塔で、国のものなんだって」

「避雷針じゃないのかよ」

とトトが信じられないという感じで言った。その間にも、音は、カローン、カローンとゴーン、ゴーンが入り混じったような微妙な音色になって続いていた。

「気味悪い音だなあ」

とピートが初めて喋った。あたしはテルミの説明を聞いて、心底ホッとして、ちっとも気味悪くなんか感じなくなった。きれいな音色だなあ、とすら思い始めていた。

でも次の瞬間、庭の方から、

「ケケケケケッ」

という異様な大声が響き渡った。

「きゃー、何よー！」

あたしは今度こそ悲鳴を上げた。唇がブルブル震えているのが自分でも分かった。

トトとピートも口を半開きにして身動きもできないでいることが、薄暗がりの中で見えた。

「カエル、カエルよ、カエルの鳴き声！」

とテルミが大声で言った。

「ケケケケケッ」

とまるでテルミの声に対抗するように、また同じ声が響き渡った。

「カエルがあんな大声上げるわけないじゃない」

完全にムカついて、テルミに低い声で食ってかかっていた。するとテルミは平然と、

「源氏園のカエルって、すごく大っきいのがいるのよ。以前、男もののハンチングが落ちているのかと思ったら、太ったカエルでね、うろついているのを見たよ」

と言った。トトがプッと吹き出して、あたしも思わず一緒になって笑ってしまった。テルミは、全然笑わずに続けた。

「庭の隅に、戦時中に防空壕に使っていた穴ぐらがあるのよ。崩れるから入るなって、おばあちゃんが言うから、あたし一度も入ったことないんだけど、穴の入り口に石が組んであって湧き水が貯まるようにしてあるの。でも、その水って、温ったかいのよ。温泉ほどじゃあないけどね。そこにその大きなカエルがのそのそ歩いて行って、ドボンと入ってじっとしているのよ。まるで、温泉に浸かっていい気持ち、みたいにさ」

「カエルが温泉に入るかよ。猿じゃあるまいし」

とトトが完全に馬鹿にしたように言った。あたしはそれでも、

「そのカエルだっていうの？」

と訊いた。

「うーん、あのカエルだかどうか分からないけど、あいつの仲間だったら、あのぐらいの声で鳴くと思うよ」

テルミは真面目な声で答えた。

「カエルが鳴くのって、求愛のためなんだってよ。だからあれは雄だ」

とピートが言った。もうカエルと決めてしまっている。単純な奴。

その時だった。まだ窓際に立って外を見ていたトトが、

「あっ」

と叫んだ。

「タヌキが出てきた。家族だよ。親ダヌキと、子供が三匹だ」

あたしたちは窓にかけ寄った。雨上がりの薄明るい夜空の下で、二匹の大きなタヌキの後について、子ダヌキが三匹、芝生を歩いている。そして、親が立ち止まって、首を下げ、芝生を舐《な》めているようだった。子供たちも親の真似をするように下を向いて、芝生を舐め始めた。

「何か舐めてるね」

とあたしが言うと、トトが応えた。

「うん、さっきも思ったんだけど、芝生がいやにキラキラしているような気がするんだよな。何か、ガラスのかけらが撒いてあるみたいに」

その時、同じ方向から、またタヌキの群れが出てきた。親ダヌキと、今度は子ダヌキが四匹もぞろぞろついてきている。

「うわっ、タヌキだらけじゃないか」

とピートが歓声を上げた。二家族の親たちは、ちらっと互いを見て、後から来た連中は少し離れた場所を確保した。親が芝生を舐め始めると、子供たちもごちゃごちゃと入り混じって、舐め始めた。それから二家族のタヌキは、互いに全く干渉せずという感じで、親も子も一心に芝生を舐め続けている。

あたしたちはガラス戸をそっと開けて、ベランダに出た。ベランダも手すりも濡れていた。でも芝生の濡れ方が何か、ただ雨上がりというのとは違って見えた。トトが、キラキラしていると言う意味が分かった。芝生全体が白っぽく光っていた。雨ではない何かがばら撒かれて……あたしたちが寝ている間に。

タヌキたちはそれを舐めているのだ。テルミもピートも気づいた。

「何だろう、あの光っているのは」

とピートが言った瞬間、あたしは、手を置いた手すりに、ぬらっとしたものを感じた。ぞっとして手を離すと、右手の掌に小さな、透明に光る細長いものがへばりついている。何、これ?! と、声にもならず、ただ息を呑んだ。他の三人が覗き込み、ピートがゆっくりと言った。

「シラスだ」

あたしは、思わず、イヤッ！ と小さな声を立てて、それを払い落とした。

「何で、シラスがこんな所にくっついているのよ……」

あたりを見回すと、ベランダの床にもチラチラと光るものがあった。あたしたちは黙って芝生の方を見た。ベランダよりもずっと密度がある感じで、光るものが白々と広がっている。

「あれ、みんなシラスかなあ」

とピートがぼんやりと言った。みんな同じことを考えていたはずだ。

「さっきの雨と一緒に降ってきたんだ」

とトトが言った。誰も応えなかった。トトは続けて、

「水中花火かなんかで驚いて飛び上がったのが、煙といっしょに渦巻いて空に上って、雨と一緒に降ってきたんだ」

と自分に言い聞かせるように言った。それからみんなの顔を見回して、

「こういうの、読んだことがある」

と言った。

テルミが同じように静かに言った。

「この鎌倉山の東端《はじ》が一番高い所なんだよ。煙の渦がここに突き当たって、シラスを落っことしたんだ」

もう我慢できなかった。

「何を馬鹿なこと言ってるのよ！　空からシラスが落ちてきたなんて！　あんたたちどうかしてるわ！　シラスが降ってくるはずないじゃん！」

あたしは叫ぶと、涙がボロボロ出てきた。ああ、早くこんなこと終われ！

と心の中で叫んでいた。

その時だった。

「ケケケケケッ」

というさっきの大声が、再び響き渡った。すると、

「カエルもシラスが好きなんだな。突然の大ご馳走だ」

と、あの馬鹿ピートがのんびりと、ほとんど笑顔で言った。あたしは涙で顔がぐちゃぐちゃになっているのがよけいに頭にきて、歯を食いしばってヤツをにらんだ。

また、「ケケケケケッ」、そしてまた「ケケケケケッ」。

タヌキたちは平然と、シラスだかなんだか知らないけど、芝生の上の光るものを舐め続けている。トトもテルミもピートも黙ってそれを見ている。あたしは、ああ、早く朝になれ、と思い続けていた。スマホの時間を見ると、四時近くだった。でもスマホを見た途端に、写真を撮っておこうと思いつき、ぐうっと回して庭全体の動画を撮った。すぐに他の三人も我に返ったように撮り始めた。昼間のように明るく撮れた動画を見てみると、タヌキたちが何かを舐めているのは分かるが、拡大しても芝生のキラキラは全く出ておらず、白っぽい広がりがテレビで観た戦時中の焼け野原のようにあった。ベランダの床を撮ると、

そこには確かに死んだシラスが映っていた。でもこれを公開したら、あたしたちがこの家に忍び込んだことが分かっちゃうな、と考え、すぐに、我ながら情けない心配をしていると思った。それから急に、電波塔の音がもう全く聞こえなくなっているのに気がついた。

そして朝は突然来た。夜空の光とは違う白っぽい明るさになった。葉山の方の山並みが黒くはっきりと見えた。日の出はまだだけど、夜が明け始めている。その時、鎌倉山のはるか下の方、笛田の方から、かすかに、だがはっきりと、ダーーーッというバイクの音が聞こえた。

「新聞配達だ。早く、出なきゃ」

とテルミがほとんど事務的な口調で言った。

確かにバイクの音は、一軒一軒回って止まるように、規則的にダーーーッを繰り返して、何だかどんどん山の方に上がってくるような気がした。あたしたちは急いで室内に戻り、持ち込んだ食べ物のカラや空き缶を袋に詰め込み、レジャーシートをたたんで、懐中電灯と一緒に別の袋に入れた。今まで見ていたことについて誰も何も言わず、ただ黙々と片付けを急いだ。外では、トーキョートッキョキョカキョク、トッキョキョカキョクとホトトギスの声が高々と聞こえ、どんどん明るくなっていた。他の鳥の声も、いろいろと入り混じって聞こえ始めた。それから、

「カァー!」

と、ひときわ大きなカラスの声が響き渡った。一瞬、すべての鳴き声が止まった。あたしまで息を止めてしまった。続いて、カー、カー、カー、カーと、たくさんのカラスの声が、もううるさいったらない。

みんながベランダへ出ると、テルミは最後に窓際に立って、駅員の指差確認のように、人差し指でクッ、クッ、クッと指しながら、室内を真剣な目つきで見回してから、カーテンと窓を閉めた。それから最後のガラス戸を閉じて、釘を元の穴にねじ込んだ。

あたしたちは来た時と同じように、ベランダの端の一番地面に近い所の柱を伝って下りた。

「アッ、極楽寺も新聞配達が来た」

とテルミが言った。確かに、海側の極楽寺住宅地の下の方からもバイクのダーーーッが聞こえてきた。

速足で切通の方へ行く途中、カラスが呆れるほどたくさん芝生に降りて、黒い羽を輝かせて、タヌキが残していったものを食べているのが見えた。百羽ぐらいいるような感じだった。みんな、ものすごいスピードで口に押し込み、喉を膨らませている。ふと気がつくと、すぐ脇のツツジの低い植え込みの上にも小鳥が数羽止まって、あたしたちが通るのを気にもせず、葉にひっかかっているシラスを一心についばんでいる。見回すと、そこら中の低い植え込みの上に、また高い木の上にも鳥が止まって忙しく食べている。どれもよく見かける種類だけど、名前なんか全然知らない。

「はやく、はやく」

とテルミが言う。分かっているよ、と思いながら、門へ急いだ。二台のバイクがちゃんとあるのが見えた。

その時、バイクの横の、鍵がかかっている通用門とフェンスの間の小さな隙間から、大きな白猫がぬっと入ってきた。あれっと思ったら、すぐ後から、茶トラの猫が、その後から、黒白の丸々と太った猫が、それでも無理して通ってきた。その後から、今度は真っ黒な猫が。それで、おしまい。四匹とはいえ、あっという間のことだった。四匹はそのまま、白猫を先頭にして、入ってきた順に一列になって、あたしたちの横をずんずん通り、切通を抜けてまっすぐに、カラスでいっぱいの芝生の方へ進んでいく。テルミが言った。

「あの、白と茶と黒白は、この先の家で飼ってる猫だよ。黒いのはどこのか知らないけど、四匹でつるんでるんだね」

「俺たちみてえじゃん」

とピートが言った。みんなはなんとなく声を立てずに笑ってしまった。それにしても、シラスを食べに来たとすれば、ニュースは随分早く伝わったものだ。

テルミとあたしが門を開けて門を開き、トトとピートはバイクを外に出した。今度はピートが内側に戻って、門を閉めて、内側から、昨夜テルミがやったのと同じようにフェンスをぐいっぐいっと上り、てっぺんから外側に飛び降りた。テルミときたら、また真剣な顔をして、閉じた門に向かってクッと指差

確認をして、

「じゃっ、行こう」

と言った。誰にも見えないこの門の中で、昨夜からどんなにたくさんの生き物が美味しいものを食べてにぎやかに動き回っているか、外からは全く分からない。あたしたちもその中にいたんだ。

またトトがテルミを乗せて、ピートがあたしを乗せて走り出した。すっかり明るくなっていた。ピートの背中がすぐ前にあるのに、朝の冷たい風がビュンビュンと顔に当たって、気持ちがいい。

ピートが前を向いたまま大声で言った。

「あのさあ、空からシラスが降ってくるなんて、ほんと怪談だよなあ。りんごの擦りおろしどころじゃねえよ」

まだしゃくに触っていて、応えなかった。昨夜のことがあたしの生涯で最初の怪談になるのか、いつかテルミのおばあさんみたいに、降ってきたシラスやハンチングみたいな大ガエルのことを孫に話して笑われるかも、と思った。自分がおばあさんになったときのことを考えるなんて、初めてのことだった。

尾根の道が東に開けた所に来た。前を行くトトが止まって東の方を見るので、ピートも止まった。ちょうど太陽が、葉山の方の、逆光で黒いシルエットに見える山並みの背後から昇るところだった。太陽は花火とはずいぶん違って（当たり前だけど）、どっしり、静々と、でも驚くほどのスピードで昇ってきた。いちばんの違いは、その光が消えずに光り続けていることだと今更ながらに思った。

トトがまた走り出したので、あたしたちも後に続いた。途中で新聞配達のバイクとすれ違った。

終わり

【著者】ソーントン不破直子（そーんとんふわ・なおこ）
一九四三年生まれ。日本女子大学文学部英文学科卒。米国インディアナ大学にて比較文学の修士号と博士号を取得。日本女子大学文学部英文学科教授を経て、現在同大学名誉教授。
近年の主要著書に *The Strange Felicity: Eudora Welty's Subtexts on Fiction and Society* (Praeger Press, 2003)、『ギリシアの神々とコピーライト―「作者」の変遷、プラトンからIT革命まで』（学藝書林、二〇〇七）、『戸籍の謎と丸谷才一』（春風社、二〇一一）、『鎌倉三猫物語』（春風社、二〇一五）、『孤独な殿様』（春風社、二〇一六）、『鎌倉三猫 いまふたたび』（春風社、二〇一八）。主要訳書に『茶の本』（岡倉天心著）（復刻版、春風社、二〇〇九）。

鎌《かま》倉《くら》山《やま》奇《き》譚《たん》　水《すい》琴《きん》窟《くつ》の館《やかた》

二〇二〇年九月二六日　初版発行

著者　ソーントン不破直子　そーんとんふわ なおこ

発行者　三浦衛
発行所　春風社　Shumpusha Publishing Co.,Ltd.
横浜市西区紅葉ヶ丘五三　横浜市教育会館三階
〈電話〉〇四五・二六一・三一六八　〈FAX〉〇四五・二六一・三一六九
〈振替〉〇〇二〇〇・一・三七五二四
http://www.shumpu.com　✉ info@shumpu.com

装丁・装画・挿画　桂川潤
印刷・製本　シナノ書籍印刷株式会社

乱丁・落丁本は送料小社負担でお取り替えいたします。

ISBN 978-4-86110-696-5 C0093 ¥1500E